Le petit blond de la Casbah

ALEXANDRE ARCADY

Le petit blond de la Casbah

Récit

Plon

ISBN 2-259-19722-1

... à Lisa, ma grand-mère,
Driffa et Alexandre, mes parents,
Elmer, Tony, François,
et Attila, mes frères,
Alexandre et Yacha, mes fils,
à Lisa, ma fille...

« Ce que l'on te reproche, cultive-le, c'est toi... »

Jean COCTEAU

Avant-propos

Ça s'est fait comme ça. Juste un hasard de calendrier. Un hasard, nous étions le 17 mars 2000 et pour la première fois depuis trente-neuf ans, je fêtais mon anniversaire à Alger.

Retour à la case départ : une blessure jamais cicatrisée.

Le but de ce voyage était de préparer la première « mondiale » de *Là-bas, mon pays.*

L'histoire de ce film commence pendant un déplacement aux États-Unis. J'emporte un roman, *Grande Vacance* de René Bonnell, un ami de longue date. À Los Angeles, dans ma chambre d'hôtel, face à un coucher de soleil à couper le souffle, je lis le bouquin d'une seule traite. Bouleversé, j'écris immédiatement à René pour lui dire que je regrette amèrement de ne pouvoir l'adapter au cinéma, mais son histoire quasi autobiographique s'apparente un peu trop à mon premier film, *Le Coup de Sirocco.*

Le roman reste néanmoins dans ma tête.

Quelque temps plus tard, au journal télévisé, on parle d'un nouveau massacre dans une petite ville du sud de l'Algérie : Souk Ahras. Je n'étais pas resté indifférent à la douleur et au malheur de l'Algérie d'aujourd'hui, mais jusqu'alors, je me sentais incapable d'agir ou de réagir face à cette guerre civile.

Et soudain Souk Ahras... Ce nom avait totalement disparu de ma mémoire. Je ne suis attaché en rien à cette localité qui a vu naître le Kabyle saint Augustin. Mais cette évocation m'a brusquement renvoyé dans l'Algérie de mon enfance.

Déclic : et si le héros adolescent du roman de Bonnell était devenu, trente ans plus tard, un journaliste vedette de la télévision, au contact quotidien des drames de ce monde ? Et s'il décidait de retourner aujourd'hui à Alger, que se passerait-il ? *Là-bas, mon pays* prenait vie...

Un an après, je me suis retrouvé dans la ville qui m'a vu naître. Avec caméra, acteurs et techniciens. Même en rêve, je ne l'avais pas imaginé. C'était incroyable ! Dangereux mais incroyable. Nous avons séjourné durant le tournage à l'hôtel Saint-Georges, sur les hauteurs d'Alger, hôtel déjà célèbre à l'époque coloniale et qui a su garder cette atmosphère si particulière.

Et chaque matin, quelle excitation de redescendre au centre-ville pour filmer la Ville blanche... Ma ville !

Quelques mois plus tard, le montage terminé, j'ai l'idée folle de vouloir présenter le film en avant-première mondiale à Alger.

Une délégation d'officiels algériens le visionne et la décision est prise : oui, la première aura lieu à Alger. Les acteurs m'accompagnent.

Le cœur battant, je livre au public algérois les images que j'ai reconstituées ; images d'autrefois et situations actuelles.

Pendant la projection, j'arpente les couloirs du cinéma. C'est une expérience que je n'ai jamais connue : offrir cette histoire à des femmes et des hommes qui vivent au quotidien la guerre civile que je décris dans le film, avec le souvenir d'une guerre coloniale que certains d'entre eux sont en âge d'avoir vécue. Effet miroir. Au milieu de la projection, une jeune femme sort de la salle en sanglotant. Pour elle, les images sont trop dures, trop réalistes, trop vécues.

Je suis désemparé. Je m'approche d'elle. Je la prends dans mes bras pour la soutenir, presque pour m'excuser. Elle me regarde à travers ses larmes : « C'est nécessaire, dit-elle, il faut que le monde sache, connaisse nos souffrances et nos peines. »

Une ovation accompagnée de youyous accueille la fin du film. Les comédiens montent sur scène. On rit et on pleure.

Un peu plus tard, un homme me prend par le bras. En me regardant dans les yeux, il me dit : « Vous savez, quand vous êtes partis en 62, vous étiez déchirés, trompés, meurtris. Et nous, de notre côté, de l'autre côté des grilles du port, nous aussi on a pleuré, pleuré de perdre nos amis, nos voisins, nos compagnons de travail... » Pour la première fois, un Algérien en Algérie ose exprimer l'inconcevable, avoir connu la même tristesse, les mêmes peines, le même désarroi que les rapatriés. S'ils avaient gagné un pays, nous, nous avions tout perdu.

Le soir même, après la projection, informés que ce jour était aussi celui de ma naissance, les amis algériens qui me recevaient avaient organisé dans leur villa, sur les hauteurs d'el-Biar, une soirée en mon honneur.

À la fin du repas, on apporta le traditionnel gâteau sur lequel on pouvait lire « *Là-bas, mon pays* » et tout de suite après, un nouveau gâteau, plus grand que le précédent apparut sur la table. Dessus, le texte avait été remplacé par « Ici, ton pays ».

Délicatesse et tendresse toujours immenses de ce peuple algérien.

Je savais jusque-là que j'aimais ce pays. J'ai découvert ce soir-là que ce pays m'aimait.

Que de chemin parcouru depuis que, tout gosse encore, je quittais Alger un froid matin de décembre avec mon père, ma mère et mes quatre frères...

... Un pâle soleil d'hiver parvenait à peine à arracher Notre-Dame-de-la-Garde à la brume qui enveloppait encore Marseille. En cette matinée du 23 décembre 1960, le bateau blanc, *el-Djezaïr*, qui assurait la liaison régulière entre Alger et la Canebière approchait lentement du quai.

Accoudée au bastingage du pont inférieur, une femme dans un mince manteau observait le panorama qui émergeait lentement du brouillard glacial.

Le château d'If, les îles du Frioul, la statue dorée de la Vierge au sommet de la basilique, pour elle, cela ne signifiait rien. Plutôt petite, quarante-cinq ans, mariée, et mère de cinq garçons. On remarquait surtout ses yeux verts qui faisaient penser davantage à une fille du Nord. Pourtant issue du terroir maghrébin le plus pur, c'était une Juive d'Algérie, elle s'appelait Driffa, et c'était ma mère...

Elle avait évidemment peu dormi pendant les vingt-quatre heures précédentes, vécues dans l'angoisse d'une fuite. Mais cela n'expliquait pas sa nervosité grandissante. Je l'observais avec inquiétude car je connaissais aussi ses fragilités.

Un peu à l'écart, Alexandre, notre père, fumait une cigarette d'un air trop tranquille, comme quelqu'un qui avait l'habitude des voyages... La décision de quitter brutalement l'Algérie était la sienne. Hongrois d'origine, puis légionnaire de carrière, il était l'exemple même de l'apatride. Et si lui aussi avait des raisons d'être préoccupé, ce n'est pas parce qu'on l'arrachait à une terre aimée. Mais parce qu'en réalité, pour pouvoir nous payer le voyage en bateau, puis en train vers Paris, mon père avait en effet employé un moyen peu élégant et qui le mettait mal à l'aise. C'est encore une autre histoire, j'y reviendrai plus loin... Alors que les matelots de l'*el-Djezaïr* commençaient à jeter les cordages qui allaient amarrer le bateau au quai, ma mère se tourna soudain vers nous, bouche bée. Nous attendions tous, le cœur battant, et elle nous fixa d'un air désespéré avant d'annoncer d'une voix sourde : « J'ai oublié les photos dans le buffet de la cuisine ! » Au grand étonnement de mes frères et à ma propre surprise, je m'entendis alors répondre, crâneur, d'un air très sûr de moi : « Ne t'inquiète pas, maman, je les retrouverai... »

Je mesure mieux aujourd'hui ce que ces paroles pouvaient avoir d'inattendu dans la bouche d'un enfant qui approchait à peine de l'adolescence. Mais je crois que, même à ce moment-là, cela ne faisait aucun doute dans mon esprit : un jour je lui rapporterai les photos...

Trente-neuf ans plus tard, je pénétrai à nouveau dans notre minuscule logis de la rue du Lézard. Ce n'était pas la première fois que je retournais en Algérie. Mais c'était la première fois que je poussais la porte de notre ancien appartement. Je n'avais qu'un but, un seul objectif : retrouver le buffet. Et soudain, il était là, devant moi. Il était toujours là ! Incroyable ! Un miracle !

Sous les yeux un peu éberlués de la famille arabe qui vivait désormais dans nos murs, mais aussi sous le regard de mon fils aîné Alexandre qui m'avait accompagné et des officiels algériens qui nous escortaient, je décidai de tenir la promesse faite à ma mère, hélas décédée.

J'ouvris donc d'un air aussi dégagé que possible le tiroir du buffet. Je souhaitais si fort un second miracle. Mais non, maman, le tiroir était vide, les photos n'y étaient plus...

Toutes ces photos en noir et blanc, souvenirs d'un passé disparu, étaient désormais englouties dans l'énorme et incompréhensible naufrage de notre Algérie.

Ces visages de grands-mères, d'oncles, de tantes, de cousins, d'amis arabes, juifs, catholiques, toute l'histoire d'un peuple naïf, bruyant et bavard, mais infiniment chaleureux et tendre, tous ces paysages d'une Algérie innocente et heureuse, tout cela avait-il vraiment disparu, effacé à jamais ?

Non, les photos n'étaient plus dans le buffet de la cuisine, mais les souvenirs, eux, n'avaient jamais déserté ma mémoire. Ce livre est donc l'album de photos d'une famille de « là-bas », comme il y en avait des milliers. Ceux qui savent y retrouveront l'écho de leurs propres émotions. Ceux qui ne savent pas comprendront peut-être un peu mieux l'Algérie d'aujourd'hui, à la lumière de celle d'autrefois...

1

L'Algérie où je suis né était une terre française, française à part entière. Le 14 juillet, un défilé avait lieu sur le front de mer à Alger. Des drapeaux tricolores fleurissaient sur les façades. Et le soir, sur le môle de l'amirauté, pour la plus grande joie de la foule rassemblée devant l'hôtel de ville, on tirait un magnifique feu d'artifice. Les fusées multicolores illuminaient le ciel nocturne entre les deux signaux, le rouge et le vert, qui indiquaient aux navires l'accès au port.

On se montrait d'autant plus chatouilleux sur l'appartenance à la France qu'elle était toute récente pour une grande partie de la population. Italiens, Maltais, Espagnols (souvent des réfugiés républicains et antifranquistes), nombreux étaient ceux qui n'étaient français que de très fraîche date. C'était parmi d'autres le cas des Juifs, devenus français à la suite du célèbre décret Crémieux de 1870. En revanche, la nationalité n'était attribuée qu'au compte-gouttes aux Algériens qui devaient finalement se lasser de la revendiquer...

Bref, on était fiers d'être français, et on le montrait.

Quant à la France elle-même, très peu de pieds-noirs la connaissaient. Dans ma propre famille pourtant nombreuse, seuls mon père et l'oncle Coco y avaient mis les pieds. Mon père parce que la Légion étrangère lui avait donné l'occasion de voyager, Tonton Coco pour des raisons moins avouables, que j'évoquerai un peu plus loin...

Dans la grande majorité donc, nous n'avions pas la moindre idée de ce qu'était la France. Elle était si loin ! De l'autre côté de la Méditerranée !... Notre curiosité se limitait aux matchs de football du championnat, aux 24 heures du Mans, aux étapes du tour de France que nous suivions passionnément. Paris, la tour Eiffel, ces noms évoquaient un monde où il faisait froid, très froid... De temps à autre, les journaux, *L'Écho d'Alger*, ou *Alger républicain*, publiaient des photos qui vous donnaient le frisson : de la neige à Paris, à Pâques. Nous, au même moment, on allait se baigner aux Bains Padovani, l'une des plages populaires du centre-ville...

Mais, au plus profond d'eux-mêmes, je pense que les pieds-noirs étaient convaincus d'une chose : les Français leur étaient supérieurs. À vrai dire, la France, ce grand pays qui était aussi le nôtre, nous paraissait lointaine et avant tout mystérieuse.

Les Français, les vrais, ceux qui étaient nés et vivaient de l'autre côté, on en rencontrait parfois. Ils parlaient d'une voix posée, sans bouger les mains. Sans bouger les mains, comment est-ce possible ? Ce détail seul aurait suffi à les classer dans une catégorie à part.

Et puis, il y avait leur manière étrange de prononcer certains mots, de mettre des accents circonflexes sur *rôse*, ou *chôse*, alors que nous, nous gardions les *o* résolument ouverts.

Pour eux, un objet n'était pas comme pour nous un *objé,* mais un *objèèè,* avec plein d'accents graves.

Les métropolitains, les « Patos » comme on les appelait avec ironie, nous apparaissaient comme une espèce à part. Dès l'école, la mise en condition commençait : selon nos professeurs, le monde entier tournait des regards admiratifs vers la France. De l'Indochine à l'Afrique noire et au Maghreb, celle-ci régnait sur une grande partie du monde et dispensait ses innombrables bienfaits aux populations indigènes reconnaissantes. Vers le début des années 50, personne n'aurait osé mettre en doute ce credo patriotique. À l'école du Soudan que je fréquentais alors et où les élèves étaient en majorité indigènes, on en restait bouche bée. Qu'est-ce qu'on était nous à côté ? Des moins-que-rien !

Ce sentiment d'infériorité intellectuelle, les pieds-noirs n'ont jamais pu s'en débarrasser. Ils attendaient tout de la France de Jeanne d'Arc, de Bayard et de Napoléon. Le jour où elle les laissa tomber, ils se retrouvèrent, comme disait ma mère, « une main devant, une main derrière », incapables d'admettre et donc incapables de comprendre.

Jusqu'en 1954, et même plus tard, personne ne pouvait imaginer qu'un jour, la France, cette grande France tellement aimée, se détacherait froidement et presque inexorablement. Qu'elle nous abandonne, c'était purement et simplement inconcevable. À nos yeux, notre amour ne pouvait qu'être payé de retour.

La France pourtant n'était pas là depuis si longtemps : à peine plus d'un siècle. Durée dérisoire au regard de l'histoire : les Anglais, par exemple, furent chez eux en Aquitaine pendant des siècles. Pour nous, nos cent et quelques petites années avaient valeur d'éternité.

Il reste que la majorité des pieds-noirs se souciait assez peu de ces questions. Ceux qui vivaient au 7, rue du Lézard n'en avaient même strictement aucune conscience. Ils croyaient vivre là pour toujours.

2

La rue du Lézard était située dans la basse Casbah d'Alger, ou plutôt au pied de la basse Casbah. Lorsqu'on venait du secteur européen, elle apparaissait comme le premier contrefort de la ville arabe. Le quartier, très commerçant, grouillait d'activité, et depuis des siècles, la population d'origine juive s'y était installée. La rue s'inscrivait dans une sorte de quadrilatère dont la rue de la Lyre constituait l'un des côtés, la Grande Cathédrale d'Alger (construite en 1850 sur l'emplacement de la mosquée des Ketchaoua) et la place du Gouvernement formant les deux autres. Enfin, le célèbre marché de Chartres délimitait le flanc sud de ce périmètre.

La Casbah, la vraie, étendait au-dessus de nous, ses enchevêtrements de ruelles plus sombres les unes que les autres. Les façades aveugles peintes à la chaux donnaient sur des arrière-cours à l'« andalouse » qui sentaient le café grillé. Sur les devantures de boucheries « halal » on pouvait voir, dans un nuage de mouches, des têtes de moutons sanguinolentes à la langue pendante. De l'intérieur des minuscules cafés maures qui débordent jusque dans la rue, des hommes silencieux vous regardaient passer sans un sourire.

Rue Randon, rue Boutin, rue de la Lyre au moment de la bataille d'Alger, ces noms prendraient une tragique résonance dans la presse.

La Casbah, la vraie, n'était pas notre univers. Elle ne nous était pas hostile, étrangère seulement et mystérieuse.

Il existait d'ailleurs une sorte de frontière à ne pas dépasser, délimitée par la rue Marengo, la même où naquit Roger Hanin, avec qui j'ai en commun d'avoir fréquenté enfant (bien qu'à des époques différentes) les mêmes lieux, d'avoir couru dans les mêmes rues.

Nos pas nous portaient plus naturellement vers Bab el-Oued et la place des Trois-Horloges, ou encore vers la rue Bab-Azoun et la Grande Poste. On fréquentait moins les rues « bourgeoises » d'Alger, telles la rue d'Isly ou la rue Michelet...

Les environs de la place du Gouvernement recélaient une foule de petits commerces plus attrayants les uns que les autres, au moins pour nos yeux d'enfants : le magasin de jouets dont nous dévorions les vitrines du regard, les chaussures André et les petits ballons que nous offraient les vendeuses, mais aussi la crémerie, la charcuterie (la seule « pur porc » du coin).

On s'arrêtait de temps à autre devant l'étal du marchand de pastèques qui les vendait « ouvertes, ou pas ouvertes ». Si l'on désirait être sûrs que la chair était rose, il entamait l'écorce au couteau mais le prix de la pastèque augmentait...

Sur la place du Gouvernement – que les enfants appelaient « place du cheval » – se dressait la célèbre statue équestre du fils de Louis-Philippe, le duc d'Orléans, fondue avec le métal des canons pris aux Turcs au moment de la conquête de la ville. Lorsque je me rends à Neuilly, je ne manque jamais de lui faire un petit clin d'œil car elle se trouve désormais non loin de l'Hôpital américain.

La place du Gouvernement était le vrai centre d'Alger.

On trouvait là les arrêts des trams des TA (Transports Algériens) qui traversaient la ville du nord au sud. Il y avait plusieurs services, les TA donc, mais aussi les CFRA (Chemins de Fer et Routes Algériens) et les TMS (Transports et Messageries du Sahel), dont les Algérois qui ne manquaient pas d'humour disaient les « Très Mal Servis »...

Le duc d'Orléans faisait face à la mosquée blanche Djama El-Djedid, construite par les Turcs au XVIIe siècle. Une foule de mendiants se pressait autour de l'édifice religieux. La charité (*zakat*) étant l'un des cinq piliers de l'islam, tout bon musulman d'Algérie se devait de la pratiquer aussi souvent que possible.

Au pied de la statue, des régiments de petits cireurs guettaient leurs clients potentiels parmi les Européens qui traversaient la place et on les voyait s'élancer alors en faisant claquer leurs brosses sur la boîte en bois contenant le matériel. Ils sollicitaient aussi les consommateurs à la terrasse du Tantonville ou traquaient les badauds qui se reposaient à l'ombre des caroubiers, sur les bancs du square Bresson. J'observais ces pauvres gamins, qu'on appelait des « yaouleds », avec un mélange de compassion et de crainte. De compassion, car ils étaient sales et mal habillés ; de crainte parce que chez nous, lorsqu'un enfant travaillait mal à l'école, il s'entendait menacer de finir comme petit cireur de chaussures...

Pensées plutôt sombres qu'une visite chez le glacier Grosoli, sous les arcades du quartier de la Marine, suffisait à dissiper, surtout lorsqu'on était en train de déguster l'un de ses sublimes « créponés » (sorbet granité au citron vert) qui faisaient courir tout Alger...

À un jet de pierre de là, rue Bab-Azoun, la pâtisserie Fille et ses gâteaux français traditionnels attiraient une clientèle fournie. Et quand les fonds étaient en baisse, on pouvait toujours se rabattre sur la fameuse « calentita » à base de pois chiches, que l'on achetait aux vendeurs ambulants...

Cet univers s'étendait sur de courtes distances et chaque fois que je retourne à Alger, je suis frappé du même étonnement devant la taille si réduite de cette capitale. Dans les années 50 ou 60, elle pouvait encore apparaître comme une grande métropole. Elle était la deuxième ville de France après Paris. Dans l'Algérie d'aujourd'hui, elle est devenue une petite ville.

Vu des hauteurs, par exemple depuis l'imposant monument des Martyrs, le panorama naturel demeure saisissant, mais l'agglomération ne reflète guère l'importance d'un pays qui compte aujourd'hui plus de trente millions d'habitants (contre neuf à l'époque de la colonisation). Aujourd'hui, tout semble avoir rétréci : rues, avenues, boulevards. Les artères sont devenues trop étroites. La foule est contrainte d'arpenter la chaussée. Innombrable, elle ne trouve plus assez d'espace pour marcher sur les trottoirs. C'est un encombrement humain perpétuel qui n'est pas sans rappeler par moments les grandes villes d'Asie.

À mes yeux de gamin, pourtant, aucune rue n'était plus belle que la rue du Lézard. Lorsque j'y revins à l'âge adulte, quel choc de constater qu'elle était à peine plus large que l'écartement de mes bras !

Deux personnes s'y croisent à l'aise, mais guère plus. Dans mes années d'enfance, des marchands de vaisselle s'efforçaient de caser leurs étals dans cette voie qui montait lentement vers les hauteurs de la Casbah. La pente douce nécessitait à intervalles réguliers des décrochages en ciment. Mais qu'elle me paraissait immense, la rue du Lézard, lorsque dans l'Algérie qui vivait ses dernières années de paix, je découvrais son décor animé et bruyant.

À cette époque, Alger était encore une ville insouciante et heureuse. La France allait, c'est vrai, de guerre coloniale en guerre coloniale, avant de s'embourber à Diên Biên Phu. L'écho de ces événements n'entamait pas le sentiment général qu'en Algérie, c'était autre chose. Ça ne pouvait pas arriver ici ! Le système paraissait si bien verrouillé.

Il y avait ceux d'« en haut », aux noms bien français, qui habitaient les beaux quartiers : rue el-Biar, Hydra ou le parc de Galland. Ensuite, nous, Espagnols, Maltais, Italiens, Juifs ou autres, habitants de Bab el-Oued, de la basse Casbah ou de Saint-Eugène. Enfin, les Arabes qui vivaient, eux, dans la Casbah tellement nombreux qu'à force de ne pas les voir, on finissait par les oublier.

Avec le recul, la placidité de la foule arabo-berbère et le temps mis à secouer la domination des Français pourraient surprendre. C'est oublier que l'Algérie d'alors recélait une bonhomie et un bonheur de vivre que je ne n'ai plus jamais retrouvés ailleurs.

3

Le 7, rue du Lézard représentait bien ce mélange de population qui caractérisait Alger à la veille de la guerre. La ville n'était pas sans rappeler une autre cité du bassin méditerranéen : Beyrouth. Au Liban comme en Algérie se côtoyaient communautés et religions, unies dans la même célébration du soleil, de la mer et du simple plaisir de vivre sur une terre adorée.

Dans notre immeuble, la voisine du deuxième étage, Pierrette, était d'origine russe. Au premier étage vivait une famille espagnole – comme le gardien de l'immeuble, espagnol lui aussi. Nos voisins de droite, des musulmans, se retrouvaient cernés par ceux que l'on appelait alors des « Israélites ». Mixité inconcevable aujourd'hui face à la montée de l'intolérance en France et ailleurs.

Qui imaginerait de nos jours un immeuble où coexisteraient, de la manière la plus pacifique, des chrétiens, des juifs et des musulmans ? Où l'on égorgerait le mouton de l'Aïd el-Kebir tandis qu'au fond de la même cour s'élèveraient les échos de la prière juive du vendredi soir ?

J'ai vécu une enfance admirable, bercée à la fois par les cloches de la Grande Cathédrale d'Alger, à cent mètres de chez nous, les prières provenant de la synagogue au fond de notre cour, et les appels du muezzin dans la mosquée voisine.

Mon enfance, comme celle de milliers d'autres nés là-bas, a été immergée dans ce mélange fraternel. Et quiconque prétend évoquer l'Algérie d'hier ne saurait ignorer un tel contexte.

Cependant, dès mon plus jeune âge, je me sentais différent. À Alger, et surtout du côté de Bab el-Oued, on naissait brun, très brun, avec des yeux noirs. Toute autre couleur de peau ou de cheveux attirait les regards.

Avec mes cheveux blonds, mes yeux bleus et mon prénom slave : Arcady (dont je fis par la suite mon nom d'artiste), je ne risquais pas de passer inaperçu. On ne se priva pas de me le faire remarquer. Je n'avais pas vraiment mesuré l'importance de ces choses-là, jusqu'à une certaine journée où tout bascula soudain.

J'ai cinq ou six ans. Un groupe de touristes, des « métropolitains » en vadrouille dans la Casbah, braquent avec un bel ensemble leurs objectifs sur ce gamin apparu au coin d'une rue. Je me retourne : sont-ils en train de photographier une maison particulièrement pittoresque ? Non, il s'agit bien de moi. Ma tenue vestimentaire alors ? Pas du tout. C'est mon apparence physique qui a déclenché l'accès de curiosité. Pensez donc, un enfant tout blond au milieu de cette foule méditerranéenne et dans la Casbah !... Je me souviens de mon étonnement et de mon incompréhension.

Jusqu'alors, je me considérais comme tous les autres enfants de mon entourage, à commencer par mes frères.

Subitement, je me rendais compte que j'avais quelque chose de vraiment étranger.

Le souvenir de cette anecdote me poursuivit pendant de longues années. Brutalement, ma différence avec l'univers qui m'entourait m'était apparue en pleine lumière. Je n'étais pas « dedans », j'étais « à part ». Tellement même que l'on me photographiait...

De ce jour, je peux dire que quelque chose en moi fut transformé d'une manière radicale. Je n'étais plus un acteur de la vie pittoresque et colorée de mon quartier, je devenais un observateur des gens et des événements. Le choix ne m'avait pas été offert, mais imposé.

Pourtant, je ne pouvais m'empêcher d'éprouver un certain sentiment d'injustice. J'avais autant que les autres de véritables racines algériennes. Par ma mère, l'histoire de ma famille était reliée au cœur même du pays où j'étais né.

J'ai toujours précieusement conservé le portrait, colorié à la main, d'une femme d'apparence sévère, née vers 1880 dans un petit village du Constantinois, Bordj Bou Arreridj. Il s'agit de ma grand-mère maternelle, Lisa Messaouda Hadjedj. Bien que je ne l'aie connue que déjà vieille et affaiblie par la maladie, elle incarne à mes yeux une ténacité et un esprit de révolte qu'elle a légués à l'une de ses filles, Driffa, ma mère, la petite dernière.

Femme d'un meunier appelé Toba, Lisa avait connu à Bordj Bou Arreridj une vie relativement aisée.

Elle avait eu six enfants : Fortunée, Blanche, Coco, Chalom, Ninette, et ma mère, née en 1914, l'année même de la disparition de mon grand-père, Toba, dans un accident du travail. Et de ce jour-là a commencé, pour Lisa, une véritable descente aux Enfers.

L'associé de mon grand-père dans la minoterie familiale récupère froidement ses parts et refuse de partager les bénéfices avec la veuve, car les deux hommes ne sont liés que par un accord verbal, procédé courant à une époque où la parole a encore toute sa valeur. Tout au plus consent-il à employer Lisa comme femme de ménage dans l'entreprise qu'avait jusqu'alors dirigée son mari !

C'est le début d'une chute qui fera de petits-bourgeois, une famille de prolétaires guettés par la grande pauvreté. Pour alléger ses dettes, Lisa se verra même contrainte d'accepter le mariage de sa fille aînée, Blanche, à peine âgée de dix-sept ans...

Bientôt, elle décide d'« émigrer » à Alger, distant de deux cent cinquante kilomètres et s'installe au 7, rue du Lézard dans l'appartement même où j'ai vu le jour. Je n'ai eu avec cette femme imposante, jadis d'une grande beauté, que des rapports affectueux et muets. Il est vrai que ma grand-mère ne parlait pas le français.

Comme la plupart des Juifs d'Algérie de sa génération et de toutes celles qui l'avaient précédée depuis la nuit des temps, la langue maternelle de Lisa était bel et bien l'arabe, langue qu'elle aimait et qu'elle considérait comme la sienne sans la moindre ambiguïté.

Issus de même que leurs cousins berbères, du terroir, les Juifs avaient été contraints d'adopter eux aussi la langue des conquérants de l'Algérie, c'est-à-dire les Arabes. Ma propre mère s'exprimait plus facilement dans cette langue. Cette spécificité des Juifs d'Algérie s'étendait à leurs frères du Maroc et de

Tunisie. Mais combien de leurs jeunes descendants aujourd'hui le savent ? Et combien d'entre eux, s'ils le savent, en sont fiers ?

Les Juifs sont chez eux au Maghreb, dans tous les sens du terme. Comme l'écrit André Chouraqui : *Le plus lointain passé du Maghreb garde la mémoire d'une présence d'Israël. Le Juif a connu là, dans la fidélité à ses sources bibliques, toutes les dominations qui y mesurèrent sa propre continuité.*

Carthage, Rome, les Vandales, Byzance, les Arabes et les Turcs rencontrèrent sur leur route une poussière d'exilés qui devaient paradoxalement survivre à l'effondrement de leurs empires. Avant même que la terre d'Israël ne succombe aux coups de l'envahisseur romain, et jusqu'aux lendemains de la résurrection du même État, durant plus de deux millénaires, les Juifs connurent en Berbérie des heures d'épanouissement marquées par l'expansion de leurs idées religieuses parmi les Berbères[1].

Dans une société où était née Lisa Messaouda, non seulement on s'exprimait en arabe, mais les femmes juives s'habillaient à l'orientale : longues robes de soie, foulards et châles tissés de fils d'or, bijoux clinquants reflétaient l'aisance sociale de leur propriétaire. Là s'arrêtent les comparaisons. Car la vie que devaient découvrir Lisa Messaouda et ses enfants à Alger ne ressemble pas à un lit de roses ! Elle ne s'était pas installée par hasard au 7, rue du Lézard, elle y avait rejoint l'une de ses sœurs, Khnina, qui disposait déjà d'un petit appartement au dernier étage (et qui pour mes frères et moi ne s'appela jamais autrement que « Mémé d'en haut »). C'est ainsi que notre famille colonisa peu à peu ce petit coin d'Alger.

1. *L'Histoire des Juifs en Afrique du Nord*, Éditions du Rocher, 1998.

Le minuscule logement de Lisa (cinquante mètres carrés) se situait dans un ensemble composé de deux immeubles de rapport séparés par des cours intérieures. Les deux bâtiments étaient hauts de cinq étages, ce qui à l'époque de leur construction les plaçait parmi les plus hauts édifices d'Alger. Chaque niveau comptait cinq appartements.

De plus, ils disposaient de l'eau courante à tous les étages, véritable privilège alors que les porteurs d'eau arpentaient encore les rues de la basse Casbah.

Les deux immeubles appartenaient à un seul propriétaire, un riche Juif dont je tairai ici le nom. C'était un brave homme, grand et imposant, qui venait chaque mois recueillir ses loyers. Étage après étage, il frappait aux portes pour encaisser le médiocre produit de ses locations. Loin de ressembler à l'image du bailleur flanqué d'huissiers, expulsant les pauvres et suçant le sang des ouvriers, il avait un bon fond. Sa tournée consistait à faire crédit à tous ceux qui se trouvaient en difficulté pour le payer, c'est-à-dire à peu près tous ses locataires. Chacun devant ce cœur d'or en rajoutait dans les trémolos et rivalisait dans l'exagération : « Plus misérable que moi, tu meurs ! » Les délais de paiement s'allongeaient de mois en mois.

Jamais le propriétaire aurait eu l'idée de faire appel à la force publique ou même simplement d'agiter la menace d'une expulsion. Il insistait un peu, puis se retirait poliment, presque en s'excusant d'avoir dérangé... Le mois suivant, la comédie recommençait et les dettes des locataires enflaient... Un homme comme lui, on en redemanderait !

Il était particulièrement fier de ses enfants, deux garçons et une fille, tous trois médecins, ce qui à Alger vous classait d'emblée parmi l'élite. De plus, ils pratiquaient à l'hôpital Mustapha, le fleuron des bâtiments de santé du pays.

Quand on apprit que les trois médecins venaient d'être arrêtés, ce fut un coup de tonnerre rue du Lézard. Et sous quelle accusation : collaboration avec le FLN !

La presse les soupçonnait d'avoir aidé à fabriquer des bombes dans l'enceinte de l'hôpital, des bombes destinées à tuer des Européens. En pleine bataille d'Alger ! L'un des fils fut condamné à mort, puis gracié. Le choc ébranla profondément notre communauté : comment un Juif pouvait-il choisir le camp des terroristes ? Personne à l'époque n'avait assez de recul pour considérer objectivement les faits et mesurer la part d'idéalisme d'un côté, de propagande anti-FLN de l'autre.

Notre propriétaire ne s'en remit jamais. Il cessa définitivement de venir recueillir ses loyers, de sorte que l'immeuble entier s'habitua à la gratuité, situation qui devait durer jusqu'à l'indépendance de l'Algérie...

4

Une grande verrière coiffait nos deux cours intérieures. On accédait aux appartements par des galeries, alors que les façades de l'immeuble n'offraient que de rares fenêtres. Ainsi, ce petit monde déjà replié sur lui-même échappait aux regards indiscrets, tout comme, un peu plus haut, les maisons mauresques de la Casbah. De cette architecture traditionnelle, les occupants du 7, rue du Lézard s'en satisfaisaient. Tout le monde était d'accord pour observer, des coursives, le spectacle des cours intérieures, comme dans un théâtre à l'italienne, mais personne n'aurait accepté que des regards étrangers s'immiscent dans la petite communauté de locataires.

Aujourd'hui encore, en fermant les yeux, je revois les scènes quotidiennes qui se déroulaient du seuil de l'immeuble jusqu'aux terrasses... Le soir, au rez-de-chaussée, le gardien espagnol finit de rassembler les poubelles (car nous les sortons au lieu de jeter les ordures dans la rue par la fenêtre, comme c'est l'habitude dans certaines rues plus haut). Demain matin, c'est dans des couffins transportés par des ânes faméliques qu'elles seront emportées : dès l'aube, plusieurs bourricots remontent les rues étroites jusqu'au lieu de la collecte générale. Ce système antérieur à l'arrivée des Français, qui prête sûrement à sourire, constituait probablement une réponse appropriée à l'environnement urbain si particulier de la Casbah. (A-t-il été remplacé ? Et par quoi ?)

Je revois un petit groupe de mulets attachés dans la cour de l'immeuble ! Leur présence devait sembler parfaitement naturelle puisque personne ne paraissait s'en étonner....

Dans la seconde coursive, des tailleurs mozabites actionnent leur machine à coudre d'un léger mouvement de pied sur la pédale centrale. Penchés sur leur ouvrage, ces hommes travaillent à longueur de journée dans le ronflement des bobines. Ils assemblent chemises, pantalons ou « sarouels » à une allure folle.

Au-dessus d'eux, une fenêtre à barreaux donne sur l'intérieur le plus inattendu, puisqu'il s'agit d'une petite synagogue de quartier, reliée à notre immeuble par un mur commun. Curieuse disposition des lieux à laquelle je dois un souvenir souriant, le soir du Yom Kippour[1]. Figés autour de la table familiale, fourchettes et couteaux en main, nous attendons avec mes frères que s'élève de la fameuse petite fenêtre le son lancinant du shoffar (la corne de bélier dans laquelle souffle le rabbin) pour annoncer la fin du jeûne de vingt-quatre heures. À peine la corne a-t-elle retenti que, affamés, nous plongeons d'un seul mouvement sur les assiettes déjà remplies. Nous étions certainement les premiers d'Alger à rompre aussi vite ce jour de jeûne.

1. Fête du Grand Pardon : le jour le plus saint pour la communauté juive. On dit communément Kippour.

À proximité de cette fenêtre, des bouffées de musique d'un autre genre s'échappaient d'un soupirail.

C'est là, dans le sous-sol de notre immeuble, que venaient répéter les musiciens de l'Orchestre national de musique arabo-andalouse d'Alger.

L'écho de ces mélodies orientales qui s'accordaient si bien à l'ambiance sonore de la basse Casbah.

Rares sont les films où je n'ai pas réussi à en caser quelques notes jouées au son du oud et du violon tenu à la verticale sur les genoux du musicien ; sans oublier, bien sûr, flûte et tambourins. Que l'on y ajoute une mélodie nostalgique interprétée par Reinette l'Oranaise, Lili Boniche ou la grande Line Monty, et mon bonheur est total...

Plus d'une fois, enfant, je me suis arrêté devant ce soupirail, tenant avec précaution un grand plateau chargé de gâteaux encore chauds. De l'immeuble, nous pouvions accéder directement à une boulangerie dont le patron, M. Rodriguez, ouvrait son four à tout le voisinage à l'occasion des fêtes juives ou musulmanes. La cuisson terminée, les gamins étaient chargés de récupérer les précieux plateaux.

Après la cour, le premier étage dégageait pour nous, les gamins de l'immeuble, une certaine odeur de soufre. Un homme, qui travaillait dans un petit atelier à confectionner des sacs de plage, aimait un peu trop les petits garçons... Il disparut un jour sans crier gare. Je n'ai pas souvenir que l'affaire ait provoqué un énorme scandale.

Pour ma part, cet étage était surtout celui de Simone, la première fille dont j'ai désiré recevoir un baiser au point d'organiser tout un spectacle dans le seul but d'arriver à mes fins. Qui était Simone ? Une gamine adoptée à qui l'on prêtait des origines juives. Sa maman, Margot, était italienne, et son papa, El Hadj, commerçant musulman, vendait des vêtements au marché de Chartres.

Du même âge que moi, entre cinq et six ans, Simone ne voyait pas d'inconvénient à m'accompagner sous des couvertures ou dans des cabanes de carton. Là, je tentais d'orienter nos jeux vers un résultat précis : obtenir mon premier baiser. Échec total : Simone refusait de m'embrasser. Comment faire ?

C'est alors que j'eus la révélation. Le mariage me paraissant l'étape indispensable pour embrasser la femme que l'on aime, j'allais épouser Simone, tout simplement ! Et comme un mariage se doit d'être public, j'allais en faire un spectacle. Tels furent mes débuts dans le « show-biz ». Le mariage eut bien lieu dans la cour de l'immeuble, sous les yeux de tous les locataires accoudés aux balustrades des étages. Alors que j'accompagnais Simone jusqu'au maire interprété par un autre gamin (Étienne, le fils du locataire du troisième, employé à la compagnie Air Algérie), je n'attendais en réalité que l'instant où, dûment marié, je pourrais enfin obtenir le baiser qu'elle m'avait jusque-là refusé.

Je ne sais pas si elle avait compris la manœuvre, mais c'est de bonne grâce qu'elle m'offrit ses lèvres sous les applaudissements des spectateurs, dont quelques-uns nous jetèrent même des pièces ; en quelque sorte mon premier cachet...

Quelques années plus tard, je fus séduit par Nelly. Fille de M. et Mme Chiche, Nelly habitait au troisième étage et, heureusement pour elle, ne pouvait être plus différente de ses parents, en particulier de son père qui, par sa corpulence, offrait une ressemblance frappante avec le personnage d'Escartefigue dans les films de Pagnol... Il possédait une droguerie à deux rues de là.

De Nelly, je conserve surtout le souvenir de ses talons hauts qui claquaient dans l'escalier. Elle semblait sortie des pages d'un magazine féminin. Pendant de longs mois, Nelly a incarné pour moi la femme désirée et inaccessible. Très brune, elle n'utilisait que des rouges à lèvres presque grenat qui mettaient en valeur sa bouche charnue. Elle portait de larges robes à pois, très à la mode, et dégringolait les marches en chantant les tubes du moment. Dans le film *Là-bas, mon pays*, c'est à Mathilda May que j'ai demandé d'interpréter ce personnage qui a marqué mes années de pré-adolescence.

À tous les étages de notre immeuble, la musique était omniprésente. Toutes les origines se retrouvaient mêlées dans une cacophonie qui, bizarrement, ne semblait déranger personne. Entre Nelly qui interprétait *Domino*, Josette, une autre voisine, qui écoutait Brassens sur son pick-up, une femme musulmane au cinquième qui mettait à tue-tête des disques de Tino Rossi, et tout en bas les accents orientaux de la musique arabo-andalouse, un véritable melting-pot musical sautait aux oreilles des visiteurs.

J'ai été le dernier étonné par l'apparition du « raï », cette musique arabe moderne fruit de tant de mélanges et d'influences dans lesquels j'ai baigné depuis ma plus tendre enfance...

C'est au dernier étage, que résidait « Mémé d'en haut ». Elle était la deuxième sœur de Lisa, la troisième ayant été baptisée « Mémé de l'ascenseur » en raison de la présence d'un tel engin – à l'époque pas encore banal – dans son immeuble sur l'avenue de la Marne, à côté du marché Messonnier.

Mémé d'en haut était une petite femme maigre, habillée de façon traditionnelle. À la suite de je ne sais quelles circonstances, elle avait perdu un œil et s'était retrouvée borgne. Ce qui ne la rendait pas vraiment gaie.

Bizarrement, nous n'étions pas effrayés par son orbite vide : l'habitude sans doute, et aussi la familiarité toute méditerranéenne avec les déformations et les difformités que la nature peut infliger à un corps. Place du Gouvernement, le souterrain de la Pêcherie qui passait sous les voûtes du port grouillait de mendiants qui exhibaient toutes sortes de mutilations et autres monstruosités pour provoquer la pitié. On ne l'empruntait jamais sans une certaine angoisse.

À côté d'eux, l'œil absent de Mémé d'en haut nous paraissait un cas presque mineur.

Mère de sept enfants, Mémé d'en haut était pourtant la meilleure des femmes. Elle avait, à nos yeux, une qualité essentielle : l'une de ses filles, tata Céleste, était une championne dans l'art de confectionner les pâtisseries « de chez nous », pas trop sucrées, légères et inoubliables.

Placée comme cuisinière chez de grands bourgeois de la rue d'Isly, Céleste apparaissait pour les fêtes comme une véritable fée des gâteaux. Pourim marquait le triomphe de ses talents. Pour nous, comme pour toutes les familles juives de notre entourage, c'était la fête des enfants et du partage. Chaque famille confectionnait des quantités phénoménales de gâteaux que l'on allait offrir à nos voisins non juifs. (Les musulmans pratiquaient de la même manière à l'occasion d'une de leurs fêtes.)

Avec ses sœurs, Cécile, Rachèle ou Berthe que nous appelions tata Monet, Céleste officiait dans la salle à manger de Mémé d'en haut. Sans doute pour calmer notre excitation, elles nous chargeaient habilement d'une mission des plus délicates : il s'agissait de touiller, dans un grand récipient en cuivre, la pâte à gâteaux afin d'éviter la formation de grumeaux. Nous utilisions pour cette opération un bâton de policier. Un vrai bâton blanc, comme ceux que les agents de ville portaient alors à la taille. Comment ce bâton était-il apparu dans notre foyer ? Qui l'avait affecté à la confection des gâteaux de Pourim ? Aujourd'hui encore, cette question reste pour moi un grand mystère...

Mes frères et moi étions également mis à contribution quand il s'agissait de plonger les galettes dans la pâte blanche. Nous les retournions ensuite d'un geste rapide et précis pour les déposer sur une planche en bois afin de les y faire sécher. Puis on les saupoudrait de graines et de petites boules de couleur.

Je ne saurais dire combien de gâteaux blancs sortaient de l'« usine » de tata Céleste, mais le nombre en était si considérable que les planches chargées de galettes envahissaient toutes les pièces et le balcon, à tel point que l'on se déplaçait à travers l'appartement avec les plus grandes difficultés.

Tata Céleste et ses gâteaux me donnaient un avantage majeur sur les autres gamins de l'immeuble, en particulier Christian Darmon, mon meilleur ami à l'époque. Il était, comme l'on disait alors, un « fils de riches » dans un immeuble de pauvres.

Luxe inouï à nos yeux, sa famille disposait d'un piano, installé au salon. Comment l'avait-on monté dans les étages ? Là aussi mystère... Encore plus inouï, Christian savait en jouer ! Je n'en revenais pas de le voir au clavier. Je me joignais parfois à lui pour chanter un succès populaire. Il existait encore à Alger des chanteurs de rues. Ils s'installaient sur une artère fréquentée et poussaient la chansonnette tout en offrant, pour quelques pièces, la partition de l'air qu'ils venaient d'interpréter. *Le marchand de bonheur* des Compagnons de la Chanson faisait partie de nos favoris. On ne se lassait pas de le marteler au piano – ce qui ajoutait quelques notes discordantes à la cacophonie ambiante...

La différence de moyens entre Christian et moi n'était jamais autant évidente que les matins de Noël. Alors que ses cadeaux venaient des Galeries de France, le magasin le plus chic d'Alger, les nôtres ne supportaient pas la comparaison.

Les finances familiales étant extrêmement fluctuantes en raison des problèmes professionnels de mon père, il pouvait arriver que nous n'ayons pas à rougir de nos cadeaux. Mais, lorsque l'argent se faisait rare, la solution était rapidement trouvée par une visite à la boutique Tout à un franc, et l'acquisition de quelques minuscules jouets en plastique...

Le lendemain du réveillon, il fallait bien à un moment ou à un autre se décider à sortir du domicile familial pour aller jouer à l'extérieur. En quelques secondes, les différences s'estompaient et les jouets changeaient de main de la manière la plus naturelle.

La plupart du temps, c'est la terrasse de l'immeuble qui accueillait nos jeux.

Tout en lavant leur linge dans la petite buanderie qui servait aux locataires, ou en le mettant à sécher, les mères pouvaient nous surveiller du coin de l'œil.

Comme partout dans les pays chauds, la terrasse jouait un rôle social important. C'est là que s'élaboraient les divers commérages du quartier, là que l'on apprenait les petites et les grandes nouvelles de la guerre. Et plus encore dans le quartier arabe où, empêchées de sortir de chez elles, les femmes musulmanes pouvaient communiquer d'une maison à l'autre, séparées de leurs voisines par l'espace d'une rue.

Plus d'un combattant algérien dut son salut à cette série de plates-formes imbriquées les unes dans les autres, qui permettait une fuite rapide et discrète en cas de descente des soldats français...

Plus tard seulement, j'appris à apprécier le panorama unique dont nous disposions du haut de notre immeuble.

Au moment du goûter (œufs et merguez frits loin du traditionnel pain-chocolat des petits Français...), en fin d'après-midi, c'était toujours un immense plaisir de contempler la baie d'Alger. D'un côté, la montée en gradins vers la Casbah avec ses façades blanches, merveilleusement teintées de rose au soleil couchant. Au sommet, la vieille forteresse turque de Barberousse. De l'autre côté, la Grande Cathédrale, plus loin le port, et plus loin encore les bateaux qui se dirigeaient vers le large. Ils avaient pour nom *Ville d'Alger*, *Ville d'Oran*, *Kairouan*, et ce serait bientôt les mêmes qui « rapatrieraient » un million de personnes en juillet 1962...

5

C'est après un premier mariage raté que Driffa, ma mère, était venue s'installer rue du Lézard chez Lisa, ma grand-mère. Elle allait sur ses trente ans. À propos de cette expérience matrimoniale, elle demeura toujours d'une extrême discrétion. Elle consentait à lever un coin du voile en évoquant de graves désaccords avec son ex-belle-mère.

Était-ce suffisant pour justifier une telle décision en un temps et dans un pays où le divorce faisait de vous un objet de scandale ? Elle ne voulut jamais en dire davantage. La chape de plomb retomba sur cet événement d'autant plus lourdement que mon père était d'une extrême jalousie et n'aurait jamais supporté d'entendre parler de l'homme qui l'avait précédé dans le lit conjugal.

D'une manière générale, les femmes de la famille avaient toujours fait preuve d'un caractère indépendant et fier. Dans l'Algérie coloniale, vivre sans homme, c'est-à-dire sans mari, c'était déjà prendre le risque de se voir rejetée en marge de la société. Mais être mère d'enfants illégitimes, c'était carrément narguer cette société profondément conservatrice. Driffa et ses cousines semblaient pourtant considérer la situation comme presque banale. Des enfants nés hors mariage, il y en avait un certain nombre dans la famille, qui ne s'en étonnait guère. Les mères assumaient totalement, et même certaines d'entre elles montraient un courage étonnant à se moquer des conventions sociales.

L'une des filles de Mémé d'en haut s'était ainsi amourachée d'un homme – un de ses lointains cousins – qui lui avait fait un enfant avant de s'enfuir, classiquement, sans le reconnaître. Le bébé avait-il été conçu avec ou contre son gré ? Le fait est qu'il l'abandonna sans le moindre scrupule.

Aussi, quelle ne fut pas la surprise du « papa », le jour de son mariage à Fort-de-l'Eau avec une autre femme, lorsqu'il vit apparaître au bas des marches de la mairie : la jeune maman, ma tante, tenant son enfant dans ses bras. Pas un cri, pas un mot, pas un reproche. Simplement ce bébé innocent faisant des risettes à son entourage. Une seule question de la maman : « Et ton fils, tu l'invites pas à ton mariage ? » On imagine la tête du nouvel époux... Scandale à la noce. Le banquet dut ressembler à une soupe à la grimace et il y a gros à parier que, connaissant la mentalité méridionale, l'union fut de courte durée... Le bébé en question, Georgeot Hadjedj, connut d'ailleurs un destin assez mouvementé. On disait qu'il avait fait partie un temps de l'OAS quand celle-ci livrait un dernier combat désespéré et on racontait qu'il avait même connu à Paris le célèbre gang des frères Zemour, avant de finir tranquillement dans son lit...

Sans doute Lisa vit-elle sa fille débarquer non sans quelque surprise. Néanmoins, elle lui ouvrit largement la porte de son petit appartement. Comment pouvait-elle imaginer qu'elle aurait bientôt à héberger, outre Driffa et son mari, cinq enfants nés, année après année, dans son appartement, un minuscule trois pièces-cuisine ?

Il ne s'agissait à l'origine que d'un arrangement provisoire qui devait durer en fait jusqu'à la mort de ma grand-mère.

Si la première naissance, c'est-à-dire la mienne, avait donné lieu à une grande mobilisation domestique – on avait même été jusqu'à convoquer le Dr Attali pour délivrer l'enfant –, il n'en alla pas de même pour les suivantes. Chaque fois, on descendait d'un degré dans l'ordre des urgences. Au second bébé, ma mère n'eut droit qu'à l'assistante du docteur. À partir du troisième, on ne fit plus appel qu'à la sage-femme. Quand naquit le dernier, Attila, au mois d'août 1955, seule ma tante Blanche était là pour assister sa sœur... Attila était si petit que mon père le plaça dans une boîte en carton percée de trous, et réchauffée par un gros radiateur électrique, une sorte de couveuse artisanale.

Cette naissance, comme les autres, nécessitait le respect de la tradition. Je revois encore le visage de tata Blanche penchée sur mon lit pour un réveil matinal et insolite : « Arcady, réveille-toi, tu as un nouveau petit frère, va vite acheter les beignets, mon fils ! »

Rue du Lézard, chaque nouveau venu dans ce monde était salué par une tournée de beignets au petit déjeuner. Et quels beignets ! Les meilleurs du monde ! Coincé dans son échoppe qui ressemblait à un simple trou dans le mur, le marchand de beignets était par tradition tunisien. Il s'appelait Moktar. Il jetait avec dextérité de petites boulettes de pâte dans une énorme bassine d'huile bouillante.

Encore quelques secondes de cuisson pour les retirer avec une sorte de crochet en fer. Il ne restait plus qu'à envelopper le tout dans une vieille feuille de *L'Écho d'Alger*.

Ce matin-là, je me rappelle en avoir commandé plus de quarante pour couvrir l'importante demande – car à chaque naissance, l'ensemble de la famille convergeait sur l'appartement.

Alors qu'il avait quasiment terminé, Moktar confectionna un dernier beignet, minuscule, et me le tendit avec un sourire : « Tiens, petit, ça c'est pour le bébé, cadeau, et qu'il vive très longtemps, inch Allah ! » Et vous voudriez qu'on ne s'aime pas, après ça ?...

À revoir notre ancienne maison, j'ai été frappé par l'exiguïté des lieux. Nous avions pourtant vécu à huit dans ces pièces étroites : trois adultes et cinq enfants turbulents. Nous avions mangé, joué, dormi entre ces murs ! Je ne gardais pourtant pas le souvenir d'avoir manqué d'espace.

Il faut préciser que nous n'étions réellement rassemblés qu'à la nuit presque tombée. Le reste du temps, on le passait à l'école, aux jeux sur la terrasse ou dans l'une des deux cours. Le déjeuner était expédié en trombe avant mille autres activités ludiques.

Ma grand-mère détestait rester enfermée. Avant d'être incapable de se déplacer et condamnée à garder le lit, elle avait pour habitude de s'asseoir sur le palier, près de l'escalier.

Ces quelques mètres de promenade quotidienne représentaient un déplacement d'importance qu'elle abordait avec appréhension. Mais pour rien au monde, elle n'aurait renoncé à ses après-midi dans l'escalier.

Aujourd'hui encore, une marche apparaît un peu plus usée que les autres : celle où Lisa s'installait majestueusement afin de participer, au moins par le regard, à la vie générale de l'immeuble. Mon père avait beau lui hurler sur tous les tons de bouger, de faire travailler ses jambes, rien n'y faisait.

Car de son emplacement préféré, elle pouvait observer les allées et venues, en agitant son éventail de paille, tout en épluchant quelques légumes pour ma mère ou en décortiquant des amandes.

C'est dans les escaliers que se pratiquaient une bonne partie des travaux de la cuisine. Ici, on épluchait des fèves, là on faisait griller les poivrons. Là encore, on torréfiait le café. Toutes les odeurs se mélangeaient dans ce bouquet si particulier qui, pour nous originaires du Maghreb, est un peu l'odeur de la maison...

Une voisine qui partait au marché de Chartres ou à celui de la rue Randon trouvait toujours le temps d'échanger des mots aimables avec ma grand-mère. Conversations souvent limitées, car le vocabulaire français de Lisa était plutôt sommaire. Du coup, c'est avec celles que l'on appelait encore de ce nom affreux « de bonnes », qu'elle avait les rapports sociaux les plus suivis.

Fatima, Aïcha ou Kheira..., il n'y avait pas une famille, même la plus pauvre des pauvres, qui n'avait sa « bonne ».

La chaleur méridionale et la fraternité des humbles faisaient que ces femmes ou ces jeunes filles se voyaient peu à peu intégrées au sein du foyer qu'elles étaient censées servir, au point d'en devenir membres à part entière.

Dans notre dénuement extrême – il n'y avait souvent plus un sou à la maison à partir du 20 du mois –, nous avons aussi toujours eu notre « bonne ». Je soupçonne même l'une d'entre elles, Zohra, d'avoir prêté quelques francs à ma mère lorsque les créanciers se faisaient trop pressants... Comment décrire ces liens impossibles à concevoir autre part que sous le soleil de Méditerranée, de Naples à Casa, de Tunis à Alger ?

Quand les voisines étaient trop occupées pour faire un brin de causette avec elle, Lisa étudiait à loisir la vie de l'immeuble. Son poste d'observation dans l'escalier lui offrait un point de vue imprenable sur l'activité « particulière » de Pierrette Zegane, dont l'appartement était situé en face du nôtre.

Pierrette était la femme la plus étrange de notre immeuble. Elle me fascinait parce qu'elle introduisait le mystère dans nos vies. Je lui dois beaucoup sur bien des plans. Cette petite femme blonde décolorée exerçait l'activité plutôt insolite de cartomancienne. L'Algérie n'a jamais manqué de ce genre de personnages, un tiers guérisseur, un tiers marabout, un tiers voyante, que l'on soupçonne capable de jeter des sorts au point de rendre malade une victime désignée. Ils sont respectés parce que craints.

On leur attribue des pouvoirs maléfiques qui ne sont pas donnés au commun des mortels. Aussi paraît-il tout naturel de les couvrir d'offrandes au cas où...

À ce tableau déjà inhabituel, Pierrette ajoutait des origines slaves qui lui conféraient un certain exotisme, à quoi s'ajoutait un parfum de soufre dû à son union avec un Kabyle, à une époque où les mariages mixtes étaient plus que rares.

Son mari s'appelait Hadi. Robuste gaillard, il conduisait son taxi, une traction avant noire, à travers

Alger et devait périr tragiquement en 1962, abattu dans sa voiture par l'OAS.

Sans chercher à se cacher, Pierrette allait et venait, une cigarette américaine aux lèvres, ce qui lui valait de longs regards en coin de la part des autres femmes. Car « ça ne se faisait pas », tout simplement. Ce n'est pas ma mère qui aurait dit le contraire, elle qui toute sa vie fuma en cachette comme une collégienne... (Je la revois encore dissiper la fumée de ses mains un jour où je l'avais surprise dans la cuisine.)

Les dons extralucides de Pierrette étaient sans doute bien réels, car l'on se déplaçait des quatre coins d'Alger pour la consulter. Des femmes, pour la plupart issues des milieux aisés, lui demandaient le moyen de conserver un mari volage ou bien comment se faire remarquer d'un homme convoité... L'efficacité des prédictions de Pierrette se mesurait au nombre d'élégantes qui lui rendaient furtivement visite, loin de leur belle maison des hauteurs d'Alger. Les séances se réglaient en liquide.

Slave jusqu'au fond du cœur, Pierrette réclamait parfois d'être payée en nature. Les élégantes se présentaient alors chez elle en dissimulant tant bien que mal dans leur joli sac un... poulet plumé et troussé.

L'animal prenait très vite la direction de notre cuisine ou de celle d'un voisin... Petit geste du cœur, parfaitement naturel de la part de Pierrette qui ne manquait pas de confectionner pour sa cliente un grigri ou un talisman avec les plumes et une patte du poulet, le tout attaché par un ruban de couleur.

Pierrette s'était prise d'affection pour moi. Sa fille adoptive Josette, de son vrai nom Saïda, déjà une jeune fille, m'accueillait également toujours d'un sourire, elle était comme ma grande sœur...

J'étais éperdument amoureux de Josette – avec sa longue tresse noire sur le côté, elle ressemblait beaucoup à Marie-Josée Neuville, la « collégienne de la chanson » – et je devins rapidement un familier de la maison. C'est elle qui se chargea en grande partie de mon éducation, ma mère étant trop débordée pour se consacrer à chacun de nous en particulier. Car à peine se relevait-elle du dernier accouchement que, déjà, le bébé suivant se profilait à l'horizon... Pour la toute jeune fille qu'était Josette, je devais constituer un jouet merveilleux, une sorte de poupée vivante. En tout cas, c'est avec elle que j'ai fait mes premiers pas et que j'ai prononcé mes premiers mots.

Pendant longtemps, l'appartement des Zegane représenta pour moi le comble du luxe et du raffinement. Meubles italiens, miroirs vénitiens, cadres dorés, tout était beau. J'avais l'impression d'entrer dans un magazine de décoration.

C'est chez Pierrette que j'ai vu pour la première fois un tourne-disque Teppaz.

Chez elle que j'ai découvert Brassens, chantant *Les bancs publics*. Le dimanche soir, Josette et moi assis dans le noir autour de la TSF avec son petit voyant vert, on écoutait l'émission « Radio-mystère » du célèbre inspecteur Pluvier.

La famille de Josette disposait d'une chose ahurissante, unique dans l'immeuble : une douche installée dans les W-C à la turque. On plaçait les pieds de part et d'autre du trou, et il n'y avait plus qu'à actionner le pommeau. Pour moi qui ne connaissais que le baquet du dimanche, empli d'une eau tiède dans laquelle mes frères et moi nous nous accroupissions à tour de rôle en claquant des dents, c'était une révolution !

Cette douche offrait d'ailleurs un autre avantage non négligeable. Il arrivait à Josette de se laver alors que j'étais présent dans l'appartement. Naturellement, j'avais vite découvert que le rideau ne fermait pas complètement. J'acquis, de cette façon, une excellente connaissance de l'anatomie féminine, dont je ne tardai pas à faire profiter mes petits copains, verts de jalousie sur la terrasse...

Bizarrement, l'anatomie féminine, j'en avais hélas chaque semaine des visions complètes... J'écris « hélas » parce que la scène se passait au hammam proche de la rue Boutin, où je me rendais chaque vendredi avec ma mère. Là, dans une vaste salle embuée, équipée de vasques individuelles, j'étais confronté au spectacle de la nudité féminine dans sa version intégrale. Seulement, c'était la nudité des matrones juives et musulmanes de la Casbah.

Dans les volutes de vapeur, les grosses femmes s'allongeaient sur la table de marbre centrale.

J'étais fasciné par leurs énormes seins flasques qui bougeaient en tous sens et leurs toisons intimes, grosses taches sombres, que j'apercevais entre leurs jambes.

Les jeunes masseuses s'agitaient sur ces impressionnantes montagnes de chairs molles et blanches qu'elles pétrissaient et malaxaient à pleines mains sous mes yeux un peu effrayés. Le rite se renouvela jusqu'à mes onze ans, âge auquel ma mère décida brusquement que j'étais devenu trop grand pour voir des femmes nues. Comme si les matrones de Bab el-Oued risquaient d'éveiller le moindre désir en moi... Comme remède à l'amour, on ne pouvait rêver mieux ! Alors que la jeune nudité de Josette sous la douche...

Souvent je m'approchais, le cœur battant, de la chambre de Pierrette, véritable bonbonnière éclairée de rose. Dans un angle de la pièce, produits cosmétiques et flacons de parfum s'alignaient sur une coiffeuse. Encore un meuble que je ne connaissais pas... Au-dessus du lit, dans un cadre doré, un Jésus extravagant ouvrait ses bras, dévoilant un cœur qu'un petit néon clignotant faisait palpiter.

Certains après-midi, il arrivait à Pierrette d'enfiler un peignoir indochinois et de s'allonger sur le lit. D'une voix languissante marquée de son accent russe, elle me demandait de lui masser les pieds. Plus d'une fois, pendant que je lui triturais consciencieusement les orteils, j'ai glissé un regard vers Jésus et son cœur illuminé.

Pour le petit Juif que j'étais, l'interdit était total, et ce faux prophète (selon le rabbin) qui trônait au-dessus de la couche conjugale alimenta momentanément mes cauchemars. À peine quelques mois plus tard, à mon entrée à l'école des Sœurs, je devais regarder Jésus d'un œil bien différent...

Une étonnante prédiction de Pierrette lui acquit tout notre respect. Yvonne, l'une de nos tantes mariée à Chalom, désespérait de n'avoir eu qu'un seul enfant : mon cousin Roland. Le couple avait beau multiplier les tentatives, rien à faire, et il s'était finalement résigné à ne plus connaître la joie d'accueillir un nouveau-né. Or voici que Pierrette annonça à Yvonne qu'elle allait bientôt tomber enceinte. Déclaration accueillie avec un certain scepticisme. Pourtant, dans les mois qui suivirent, la nouvelle frappa subitement la famille : Yvonne attendait un enfant ! Un tremblement de terre aurait eu le même effet.

C'est qu'Yvonne atteignait l'âge où la perspective d'une maternité s'éloigne à jamais. Quelques mois plus tard, tout le monde fêtait l'arrivée du cousin Jean-Luc... Abondamment félicitée de toutes parts, Pierrette accepta tranquillement les compliments. Pour elle, c'était juste une petite prédiction, elle n'avait pas eu à forcer son talent...

6

À l'issue de son long après-midi dans l'escalier, ma grand-mère rassemblait ses forces pour accomplir en sens inverse le chemin parcouru à l'aller. Bientôt, son lit était en vue. Elle s'y glissait avec un grand soupir de soulagement. La nuit pouvait tomber. L'essentiel était fait.

Lisa n'avait pas toujours mené cette existence végétative. Sa vie s'était brutalement arrêtée quelques années plus tôt avec celle de son fils chéri, Coco. De son vrai prénom Judas (on comprend qu'il ait préféré son surnom...), Coco était un personnage hors du commun. Il n'était pas le seul garçon que Lisa ait mis au monde, puisqu'elle avait eu aussi Chalom, mais les deux n'auraient pu être d'un caractère plus opposé. Alors que Chalom était renfermé, et presque bourru, Coco, lui, incarnait la joie de vivre.

Cet homme qui dévorait la vie par les deux bouts était le soleil de Lisa, le seul être qu'elle ait aimé aussi totalement, tout simplement l'homme de sa vie. Peut-être, celui qui avait remplacé son mari trop tôt disparu. En retour, lui aussi l'adorait. Il savait la surprendre par ses folies. Il lui arrivait de débarquer au beau milieu de la nuit, un bouquet de fleurs à la main, accompagné d'une bande d'amis, de tout un orchestre oriental, et même de quelques-unes de ces filles un peu trop maquillées qui l'escortaient en permanence... La fête se prolongeait jusqu'à l'aube. Coco rendait au centuple à sa mère l'amour qu'elle lui portait. Quand il disparut, elle se laissa couler, le cœur brisé.

La toute petite chambre qu'elle occupait seule ne mesurait pas dix mètres carrés. Au début, elle s'y trouva plutôt bien. Puis nous sommes arrivés. Moi d'abord... Puis Elmer... Puis Tony..... Puis François... Enfin, Attila... Chaque fois, dans cette minuscule pièce, c'était un matelas de plus, ce qui la transformait peu à peu en véritable dortoir.

Imaginez un paisible moineau voyant un coucou faire tranquillement ses œufs dans son nid, l'image doit être assez proche de ce qu'éprouvait Lisa... Elle finit par être totalement encerclée.

Plus tard, après le déménagement au premier étage, lorsqu'elle ne fut vraiment plus en état de bouger, je la revois encore observer du haut de sa couche, tel un naufragé sur son radeau, la marmaille qui s'agitait autour d'elle.

Lisa avait un cœur immense. Cette fille chérie, Driffa, qu'elle avait accueillie à bras ouverts après l'échec de son premier mariage, l'avait littéralement envahie. Je ne pense pas qu'elle en ait éprouvé la moindre amertume. Avoir de nombreux enfants était encore à cette époque une bénédiction. Driffa s'était attelée finalement assez tard au travail, puisque de son premier mariage elle n'avait pas eu d'enfant. Qu'elle mette ensuite les bouchées doubles paraissait parfaitement naturel.

En réalité, de garçon en garçon, ma mère ne visait qu'un seul but : avoir enfin une fille. Espoir toujours déçu. Au cinquième petit mâle, elle décida finalement d'arrêter les frais. Mais elle conserva longtemps le regret de ne pas avoir donné naissance à cette petite fille tellement désirée. Après la mort de mon père, Vivi (la fille de Blanche) a joué le rôle de cette fille qu'elle avait tellement espérée.

De ma naissance jusqu'à l'âge de treize ans, dormir à plusieurs dans une chambre minuscule me paraissait donc aller de soi. La situation ne s'améliora que dans l'appartement du premier étage, lorsque mon père fit l'acquisition de lits superposés. On pouvait désormais se lever sans se piétiner.

Lisa, de plus en plus grosse, était toujours là, allongée dans son lit. Mais la vérité m'oblige à dire qu'à nos yeux elle n'existait pratiquement plus. Dans nos esprits d'enfants, elle était devenue une sorte de gros meuble immobile. Il nous arrivait même, au cours de nos jeux avec mes frères, de l'escalader comme s'il s'agissait d'une table ou d'une chaise. Au passage, elle nous caressait la joue en murmurant quelques mots d'arabe, puis elle retombait dans sa torpeur habituelle. Elle n'en émergeait qu'à l'apparition de ma mère qui lui apportait son déjeuner ou son dîner.

Au fil des années, grâce à la présence de Mémé Lisa, notre foyer devint le point de ralliement de toute la famille. Chaque fête, chaque anniversaire, chaque rassemblement familial était obligatoirement célébré chez nous, ce qui n'allait pas sans poser parfois de sérieux problèmes pour arriver à caser tout le monde. Certains matins, on enjambait de tous côtés les corps des dormeurs allongés sur des matelas ou des couvertures, à même le sol.

Jusqu'à sa disparition, je ne vis jamais mes parents exprimer la moindre impatience devant une situation qui devait lourdement peser sur l'intimité de leur couple. Je ne compris que quelques années plus tard qu'ils étaient en fait les prisonniers de ma grand-mère, et non l'inverse.

Un accord tacite avait été passé avec la famille. Driffa pourrait s'installer auprès de leur mère dans l'appartement de la rue du Lézard à condition de la prendre totalement en charge. Dans la société d'où je viens, placer ou laisser placer un père ou une mère en maison de retraite – pire, à l'hospice – constituait pour une famille la plus grande des humiliations. L'arrangement pris avec Driffa satisfaisait tout le monde : Lisa ne mourrait pas abandonnée de tous. Quant à nous, nous aurions toujours un toit sur la tête.

7

Le caractère indépendant de ma mère ne s'était pas uniquement affirmé dans un divorce qui tranchait tellement avec les convenances de la colonie. Elle avait d'abord mené une existence de jeune fille plutôt libre pour l'époque. De vieilles personnes se souviennent encore qu'il lui arrivait de passer la nuit sur la plage à la belle étoile avec des cousines et des amies. Rappelons qu'à cette époque, les femmes sortaient peu, et le plus souvent accompagnées.

Sa nature fière et même rebelle la portait à refuser tout compromis, même lorsque cette intransigeance comportait le plus grand danger. Quand elle avait décidé quelque chose, elle s'y tenait quoi qu'il arrive et opposait sa force tranquille aux pressions les plus insistantes. Par exemple, ayant la couture en aversion dès ses plus jeunes années, elle se refusa toute sa vie à manipuler ciseaux et dé à coudre. Elle témoignait d'une semblable obstination dans les affaires les plus graves. Ce fut le cas en 1940.

Les lois pétainistes votées en France occupée s'appliquaient de la même manière aux départements d'outre-mer. Les Juifs d'Algérie, comme leurs coreligionnaires métropolitains, se virent brutalement chassés de leur emploi, interdits de toute activité commerciale, syndicale ou politique. Obligation leur était faite là-bas aussi de porter sur leurs vêtements une étoile jaune permettant de les reconnaître dans la foule algéroise.

Dès le premier jour, ma mère refusa net de se plier à cette distinction infamante.

Elle continua d'aller et venir sans observer les nouvelles dispositions raciales. Peu importe le risque qu'un voisin la dénonce aux autorités. Elle avait décidé de ne pas porter l'étoile et elle tint bon jusqu'au débarquement allié de novembre 1942.

À cette époque, la vie de Driffa connut un tournant décisif. Quelques mois plus tard, en effet, elle était engagée comme serveuse au restaurant du Cercle militaire d'Alger, près du square Bresson et de l'Opéra.

Là se réunissaient, dans un agréable patio agrémenté d'une fontaine mauresque, des officiers de toute provenance : Américains, Français, Anglais, un monde en uniforme qui se pressait autour des tables à l'heure des repas. C'était un peu l'ambiance de Casablanca, sans Ingrid Bergman ni Humphrey Bogart. Espions, barbouzes et vrais soldats complotaient presque sans se cacher, préparant le visage de la France de l'après-guerre. La fin des hostilités n'allait pas tarder et la politique qui entrerait en vigueur à Paris était en grande partie décidée de ce côté-ci de la Méditerranée.

Ma mère, cependant, avait bien d'autres préoccupations... L'administrateur du Cercle, un certain Alexandre Egry, lui faisait une cour pressante. Un drôle de personnage, cet Alexandre. Le crâne rasé à la Yul Brynner, un regard très bleu, presque d'acier, l'homme était de taille moyenne, mais il en imposait. Ancien sous-officier de la Légion, il alignait une vingtaine d'années de service actif, marquées par diverses campagnes, Moyen-Orient, Syrie, Maroc, Indochine, etc.

De ses années d'armée, il avait gardé l'habitude de parler très fort, habitude qu'il conservera plus tard dans les discussions familiales animées où chacun cherche à se faire entendre en parlant plus haut que l'autre. Son comportement parfois rude dissimulait pourtant une gentillesse aussi grande que sa timidité. Chez d'autres que lui, on aurait sans doute parlé de « délicatesse ».

Dès qu'il avait aperçu Driffa parmi le personnel de service, Alexandre ne l'avait plus quittée des yeux. Cette jeune femme au regard clair lui plaisait infiniment. Mais la différence d'âge entre eux était énorme : vingt-trois années les séparaient ! Il hésitait, ne sachant comment seraient accueillies d'éventuelles avances. Il faut croire qu'elles furent couronnées de succès puisqu'il finit (beaucoup plus tard) par l'épouser, et (beaucoup plus tôt) par lui faire une kyrielle d'enfants.

Le couple s'installa – ou plutôt mon père transféra sa malle militaire kaki – au 7, rue du Lézard, adresse qui resta la leur pendant plus de quinze ans. L'arrivée d'Alexandre dans l'immeuble déclencha une certaine curiosité due notamment à sa voix puissante et à son apparence physique. Encore fallait-il que Lisa donne son accord. Pour cela, un test s'imposait, et non des moindres.

Dès la première apparition d'Alexandre, ma grand-mère ne manqua pas de lui demander s'il était bien juif, car ses yeux bleus ne lui inspiraient guère confiance. Il répondit sans se troubler qu'il l'était, naturellement, mais de Hongrie. La scène peut faire sourire mais pour Lisa, les frontières du monde connu s'arrêtaient à Bab el-Oued. Alors la Hongrie...

Pour Lisa, de plus en plus perplexe, tous les Juifs étaient bruns, gominés et parlaient arabe...

Qui était donc cet homme au crâne rasé et aux yeux si clairs qui s'affirmait juif, alors qu'il ne ressemblait à aucun des autres hommes qu'elle avait vus dans sa vie ?...

Qui était réellement Alexandre Arcadie Elmer Egry ?... Aujourd'hui encore, la réponse ne m'apparaît pas très clairement. C'est dire le mystère de cet homme à la fin des années 40, quand il atterrit au beau milieu de la communauté juive algérienne.

Alexandre était né dans une région ballottée par mille conflits. Il avait conservé de sa naissance à Arad, grosse bourgade à la frontière de la Hongrie et de la Roumanie, un accent très particulier qui lui faisait rouler les « r ». J'ai encore en mémoire son parler rocailleux et ses phrases sans verbe, simples alignements de mots.

Ces origines plutôt vagues expliquaient sûrement le brouillard dans lequel semblait baigner une partie de son existence. Même son livret militaire n'était pas à son nom, ou plus exactement un premier nom y figurait, barré, au-dessous duquel la plume d'un gradé avait ajouté le sien.

Il expliquait cette bizarrerie administrative (une de plus), en racontant qu'il avait « racheté » son engagement dans la Légion étrangère à un garçon rencontré sur le pavé de Marseille.

Qui croire ? Comment savoir la vérité ? Si Alexandre mentait, il le faisait avec la plus grande assurance.

Sa physionomie sévère (Hadi, le mari de Pierrette, l'avait surnommé « Joukov » en raison de sa ressemblance avec le maréchal soviétique) décourageait d'ailleurs très vite les curieux, à commencer par ma grand-mère.

Il fit en tout cas une arrivée remarquée rue du Lézard. Le couple débarquait marié en bonne et due forme, au moins sur le plan religieux, par un rabbin conciliant. Chez nous, le judaïsme adoptait le plus souvent un visage bon enfant. Lorsque les preuves de la judaïcité tardaient à venir, les rabbins n'avaient pas pour habitude d'insister outre mesure. On s'en tenait à la bonne foi de l'intéressé. Et puis franchement, dans ces années d'après-guerre où la Shoah se révélait au monde horrifié, qui aurait eu idée de se proclamer juif s'il ne l'était pas réellement ?

Pour ce qui est de la mairie en revanche, du côté d'Alexandre ça grinçait un peu et même beaucoup, on verra tout à l'heure pourquoi... Bref, pas de mariage civil. Ce qui ne manqua pas par la suite de poser des problèmes aux enfants. En l'absence de livret de famille, chaque inscription nouvelle à l'école était un calvaire : nous arrivions munis d'un pauvre extrait d'acte de naissance qui laissait planer sur mes frères et moi l'ombre d'une venue au monde hors mariage...

Or à cet âge, la moindre différence est une cause de souffrance.

Bien des choses pouvaient attirer l'attention, à commencer par la différence d'âge entre Driffa et son époux. Mon père avait atteint la cinquantaine lorsqu'il eut son premier garçon. Au cinquième et dernier, il abordait gaillardement la soixantaine. D'évidence, fonder une famille aussi nombreuse à cet âge est un pari plus qu'audacieux.

Il le savait et en avait pris le risque en connaissance de cause. On pouvait voir là aussi bien une formidable dose d'inconscience que l'envie, même tardive, de s'implanter dans une communauté qui l'observait avec une légère méfiance.

Après tout, cet homme venu d'Europe centrale ne montrait aucun empressement à se rendre à la synagogue. Ce n'est pas que les Juifs d'Algérie aient été de très grands pratiquants – certains ne mettaient les pieds à l'office qu'une fois par an pour le Grand Pardon, ce qui du reste n'a guère changé... Mais, même à cette occasion, Alexandre préférait s'abstenir. Il participait aux préparatifs, puis disparaissait dans Alger pour ne revenir qu'au soir, complètement fourbu d'avoir marché toute la journée.

Il agissait de même à toutes les fêtes et d'ailleurs, du judaïsme il n'avait guère de notions, sinon aucune. Son indifférence pour la religion juive à laquelle il prétendait appartenir était totale. Même la bar-mitzvah de ses enfants, la plus importante des fêtes de famille, lui était totalement indifférente. C'est avec Jacob, mon parrain, que je suivis mes cours de Talmud Torah tous les jeudis à l'Alliance israélite d'Alger. C'est encore tonton Jacob qui m'accompagna à la synagogue le jour de la cérémonie, rue Suffren, à Bab el-Oued.

Pour un adolescent, sa bar-mitzvah marque l'entrée dans la vie adulte. À cette occasion, je me rendis chez un tailleur de la rue Bab-Azoun, Le Petit Duc, spécialisé dans les vêtements pour hommes et enfants. J'en ressortis avec mon premier costume « prince-degalles », comme on disait à l'époque, et ma première cravate... à élastique évidemment.

Et comme ma bar-mitzvah faisait aussi de moi un homme à part entière, l'un de mes oncles s'empressa de m'offrir ma première cigarette que je fumai héroïquement jusqu'au bout en faisant semblant d'apprécier...

Par contre, Alexandre insistait pour célébrer Noël en confectionnant ce jour-là des plats bizarres, en particulier ces « pieds de bœuf en gelée » que ma mère lui laissait préparer en silence. Elle n'en goûta d'ailleurs jamais, peut-être dans une forme muette de blâme ? Car la vraie question était bien celle-ci : mon père était-il juif ou non ? Étrangement, dans son entourage, personne, ni oncles, ni tantes, ni cousins, ni amis, ne semble s'être jamais vraiment posé la question.

Cela n'enlève rien à notre propre judaïcité, transmise, dans notre tradition, je le rappelle, par la mère et uniquement par elle. Reste qu'il était difficile de poser la question de but en blanc. Certes, devant le rabbin, Alexandre avait prétendu être juif. En tout cas, sa famille l'avait été, là-bas en Hongrie... à une époque... Quand, exactement ? Il y avait longtemps, très longtemps... Et de se lancer chaque fois dans le récit d'une véritable épopée devant la famille médusée.

Avant d'être des Egry, racontait mon père, ils avaient d'abord été des Lévy. Juifs fortunés, ils avaient aidé les princes hongrois à repousser l'envahisseur ottoman, venu des rives du Bosphore. Ils en avaient été remerciés en se voyant anoblis avec terres et domaine à la clé dans la région d'Eger, d'où le nom d'Egry.

Qui dans la communauté juive d'Alger aurait pu contester cette version des faits plutôt flatteuse puisqu'elle faisait de nous des aristocrates ?... Des aristocrates au 7, rue du Lézard !

Si Alexandre affabulait, il le faisait avec beaucoup d'assurance. Jusqu'à son lit de mort, son discours ne varia pas d'un pouce. Il le répéta sur une cassette poignante que j'ai enregistrée deux jours avant sa disparition.

À notre arrivée en France, son attitude devant la religion se modifia progressivement. Il se mit à pratiquer et à fréquenter la synagogue quand il le fallait. Chaque vendredi soir, il récitait les prières du shabbat. Et pour la bar-mitzvah d'Attila, notre plus petit frère, il accepta enfin de participer aux cérémonies...

Il reste que son histoire personnelle possédait tous les ingrédients pour nous transporter dans un univers digne du film de David Lean, *Docteur Jivago*...

8

Tant de paysages, d'événements et de personnages inconnus défilaient dans les récits de mon père que cette richesse apparaissait, pour son entourage de la basse Casbah, non comme des mensonges – dans un sens, on aurait préféré – mais comme l'effet d'une imagination débridée. Je crois aujourd'hui qu'il disait simplement la vérité.

De même que des centaines de milliers d'autres, il avait été entraîné tout jeune dans le tourbillon de la Grande Guerre, celle de 14 qui bouleversa l'Europe centrale. Puis, il avait exercé la fonction d'ingénieur agronome à la frontière de l'Autriche (les deux pays n'en formant alors qu'un seul : l'Empire austro-hongrois).

Après l'armistice de 1918 et la dislocation de l'Empire, une révolution populaire éclate à Budapest, installant pour un temps un certain Bela Kun au pouvoir. Alexandre s'enflamme pour le nouveau régime. Sa qualité d'ingénieur agronome lui vaut d'être remarqué par le gouvernement bolchevique hongrois. Et c'est à cheval qu'il va surveiller les forêts par où cherchent à s'inflitrer dans le pays des éléments contre-révolutionnaires.

L'arrivée d'Horthy au pouvoir sonne le glas d'une Hongrie dirigée par et avec le peuple. Pour Alexandre, très compromis avec le régime révolutionnaire de Bela Kun, une seule issue : l'exil, le plus vite et le plus loin possible. Objectif visé : le centre de recrutement de la Légion à Marseille. Arrivé là-bas après une épuisante traversée de l'Europe à pied, il apprend que le quota d'engagements pour l'année est épuisé.

D'où le mystère de son livret militaire d'abord rédigé à un autre nom : il aurait racheté l'engagement à un inconnu, au fond d'un bistrot du Vieux-Port, comme cela se pratiquait sous l'Ancien Régime. À partir de là, il connaît une carrière militaire chaotique, marquée par de nombreux combats aux colonies. En 1935, avant de partir en Indochine, il participa en Algérie à une importante opération : le rétablissement de l'ordre à Constantine après un pogrom qui vit plusieurs dizaines de Juifs assassinés par la population indigène.

Sur tous ces épisodes, celui de sa naissance comme celui de son engagement politique ou encore de ses activités à la Légion étrangère, j'ai lancé des recherches, parfois sur le terrain même. Lors du tournage de mon film *Entre chiens et loups*, me trouvant en Roumanie, non loin de la frontière avec la Hongrie, j'ai entrepris des vérifications qui n'ont jamais abouti de manière vraiment décisive. On connaissait bien des Egri, mais des Egry avec un « y » étaient chose rarissime. Les premiers étaient, me dit-on, les fruits de l'union adultérine d'un seigneur avec une fille de modeste condition et pouvaient donc effectivement prétendre à un minimum de sang bleu. Mais comment vérifier, et auprès de qui ? Près d'un demi-siècle de pouvoir communiste et de destruction des archives aboutissait à une impasse.

Pourtant, j'aime imaginer que quelque part au fond des Carpates un château poussiéreux et inhabité attend notre venue, celle des Arcady, Attila ou Elmer, de ces garçons au prénom si familier dans la région, mais si étrange au bord de la Seine, et encore plus à Alger...

C'est un personnage hors du commun que fut mon père. Je garde de lui une belle photo.

Elle a été prise en Indochine, dans les années mêmes où Marguerite Duras passe de longs après-midi avec son amant asiatique dans un faubourg de Saigon. Alexandre porte l'uniforme blanc des troupes coloniales avec le casque à large bord. Derrière ses petites lunettes de soleil, il a un léger sourire, peut-être à l'idée de se retrouver là, lui le Hongrois venu du bout du monde et qui ne se doute pas encore que sa prochaine escale sera l'Algérie. C'est aussi, au même moment ou à peu près, que la Légion le dote d'une précieuse spécialisation : il devient en effet infirmier aux armées.

Résultat : pendant presque quinze ans au 7, rue du Lézard, mon père sera considéré comme un docteur. De la Légion, il avait rapporté l'art et la manière de faire des piqûres, des pansements, et de placer des attelles. Il connaissait les symptômes de diverses maladies et savait soigner les bobos les plus courants.

C'était plus que suffisant pour s'attirer le respect du quartier tout entier et pour bénéficier d'un statut particulier au sein de la communauté. Toutes les indulgences lui étaient acquises.

Mieux : il représentait l'idéal de toutes les mères juives d'alors et d'aujourd'hui : un docteur ! Une piqûre à faire ? Inutile de se ruiner à payer une infirmière : Alexandre débarquait avec sa trousse magique...

Une mauvaise toux qui vous clouait au lit ? Le diagnostic du « docteur » Alexandre était sûr et rapide. De plus, il connaissait les bons remèdes. Que demander d'autre ?

En tout cas, il en savait assez pour, une nuit, m'envelopper dans une couverture et foncer en taxi à l'hôpital Mustapha. J'avais alors sept ans et une fièvre de cheval.

À l'hôpital, je l'entends encore hurler et menacer l'interne de service à peine réveillé : « Il faut lui faire traitement contre méningite. TOUT DE SUITE ! » Il ne s'était pas trompé. Mon accès de méningite fut bref, mais violent. Pour parler simple, je lui dois doublement la vie...

La pharmacopée pied-noir ne manquait pas de recettes singulières dont l'efficacité ne fut jamais pleinement démontrée. Ainsi lorsqu'un enfant contractait la rougeole, il était d'usage au 7, rue du Lézard et ailleurs d'allumer dans la maison une lampe... rouge. J'ignore en quoi elle pouvait hâter la guérison. (Comme j'ignore aussi si on allumait une lampe jaune lorsqu'un cas de jaunisse se déclarait...)

Pour la diarrhée des enfants, un remède souverain : le chocolat. Pris en quantités importantes, il entraînait un effet de blocage inverse. Les saignements de nez dont j'étais affecté à une époque s'interrompaient, pensait-on, si l'on plaçait un trousseau de clés sur la nuque du patient. De même, on s'attaquait, en tout cas du côté d'Oran, au mal de ventre d'une manière plutôt surprenante.

Il suffisait de disposer d'un foulard... et d'une bouteille d'anisette. Une bonne gorgée d'alcool en bouche, on recrachait violemment le tout sur le ventre du petit malade qui devait se demander si ses parents n'avaient pas basculé dans la folie... Le foulard servait ensuite à entourer le ventre de l'enfant afin de tout garder au chaud...

À côté de ce folklore souriant, le pire souvenir médical pour mes frères et moi, ce sont les angines. Quand les 40 degrés de fièvre étaient atteints et qu'il était devenu totalement impossible de déglutir, apparaissait tata Blanche. Le remède qu'elle appliquait tenait purement et simplement du supplice médiéval.

C'était une fuite éperdue pour tenter de lui échapper mais, affaiblis par la maladie, nous étions une proie facile pour ma mère. Après nous avoir immobilisés, elle nous forçait à ouvrir très grandes les mandibules.

C'est alors que la belle et redoutable tante Blanche s'approchait. Autour de ses doigts, elle avait enroulé un tissu blanc imbibé de jus de citron et de bicarbonate de soude. Ignorant nos vaines gesticulations et nos hurlements étouffés, elle nous enfonçait jusqu'à la nausée le chiffon au fond de la gorge. Puis d'un mouvement lent et méthodique, elle nettoyait consciencieusement les peaux blanches de l'angine. Une besogne peu ragoûtante qui s'apparentait à un traitement de cheval, mais dont je peux garantir la redoutable efficacité. Je n'ai jamais vu une seule angine résister au remède de tata Blanche...

Pour revenir à mon père, certains voyaient en lui une sorte de « gourou ».

Mais pour nous, en ce temps-là, nous n'avions guère le sentiment d'avoir un papa différent des autres. Il était aimant et affectueux autant qu'un père peut l'être avec ses enfants. Vers l'âge de dix ans, je me souviens de l'avoir vu pleurer à l'occasion d'une fête des Pères. J'avais économisé pendant des semaines pour lui offrir un portefeuille provenant d'une boutique de la rue de Chartres. Le cadeau, modeste, était dissimulé sous sa serviette, dans son assiette. Quelle ne fut pas ma surprise et celle de mes frères, quand on le vit brusquement fondre en larmes. Lui qui, d'ordinaire, dissimulait ses émotions derrière une apparence rude et presque agressive, dévoilait là une vulnérabilité vraiment inattendue. Depuis sa mort, ce portefeuille est toujours resté près de moi : il me rattache au souvenir d'un instant de grande tendresse.

La seconde fois où je l'ai vu pleurer, ce fut un jour de 1966. Nous avions pris ensemble le métro. Il allait rejoindre son poste de veilleur de nuit dans une banque parisienne. Le lendemain matin, je prenais le chemin d'un nouvel exil, mais cette fois vers une terre désirée. En Israël, une nouvelle vie m'attendait, celle des kibboutzim qui édifiaient le jeune État.

Notre séparation se fit donc dans un couloir de métro, au milieu des gens qui nous bousculaient d'un pas pressé. Mon père me serra dans ses bras, la gorge serrée, les joues mouillées de larmes.

L'indifférence de la jeunesse, l'excitation du départ me firent oublier pendant des années cette séparation aussi émouvante que hâtive. Le souvenir ne m'en est revenu que plus tard, accompagné d'un certain remords.

Et lorsque je pense à lui, à ce moment-là de sa vie, les paroles de Daniel Guichard me reviennent toujours en mémoire : *Dans son vieux pardessus râpé, il s'en allait l'hiver, l'été, mon vieux...*

9

Je fis très vite une découverte essentielle, car ces choses-là ne mettent pas longtemps à s'apprendre. Nous étions pauvres. Très pauvres [1]. La maigre pension militaire de mon père, les allocations familiales et le revenu irrégulier qu'il tirait de ses activités professionnelles constituaient l'essentiel de nos rentrées monétaires. En somme, pas grand-chose, surtout avec cinq enfants à nourrir.

Le souvenir de cette pauvreté ne m'a jamais quitté. Il m'arrive encore d'y penser, surtout par comparaison avec ce que la vie a pu me donner par la suite. Elle a été, et demeure aujourd'hui encore, ma force. Car lorsqu'on a été pauvre très tôt, on traverse, mieux armé que les autres, les grands changements de l'existence. Je n'ai pourtant pas le sentiment d'avoir jamais « manqué », selon la formule consacrée.

Vers le 20 du mois se déroulait la « cérémonie des plombs ». Dans la matinée, un employé de l'EGA

1. L'une des raisons qui me poussa à tourner *Le Coup de Sirocco*, adapté du roman de mon ami Daniel Saint-Hamont, fut de corriger une contre-vérité et une injustice criantes. Nous voir tous assimilés à une

(Électricité et Gaz d'Algérie) venait frapper à notre porte. La note du mois précédent n'ayant pas encore été honorée, l'homme avait pour mission d'enlever le gros plomb de céramique sur le tableau électrique, situé dans le hall d'entrée de l'immeuble. Nous n'avions officiellement plus de courant.

Officiellement seulement, car dans les minutes qui suivaient, mon père grimpait sur une échelle pour rétablir le contact en remplaçant le gros plomb par deux fils de cuivre, et le compteur repartait. Selon une technique éprouvée, il lui arrivait aussi de fixer sur le compteur électrique un aimant de taille respectable qui ralentissait comme par miracle le mouvement du témoin de consommation.

D'ailleurs, tous les voisins faisaient de même. Ainsi nous attendions la fin du mois avant que le processus ne se répète à l'identique le mois suivant... Personne n'était dupe, à commencer par les services de l'État : en ce temps-là, ils manifestaient encore une compassion et un sens de l'humain qui, aujourd'hui, nous paraissent inimaginables.

L'autre cérémonie qui se déroulait également vers le 20 était celle du mont-de-piété. À Alger, il se trouvait à proximité du Milk-Bar, derrière l'État-major (là où se produisit l'attentat au bazooka contre le général Salan). Les locaux du mont-de-piété nous étaient familiers. À chaque naissance, mon père avait offert un bracelet en or à ma mère. Et ce sont ces bracelets qu'elle allait déposer chez « Ma tante », comme on dit à Paris, avant de les récupérer deux semaines plus tard, au moment de la paye. Le mois suivant, le cérémonial recommençait...

La pauvreté ne représentait pas une tare au 7, rue du Lézard. C'était le lot de la majorité des locataires et

caste de colons riches était ridicule. Pourtant, ce schéma a été entretenu volontairement par toute une fraction de la population française.

d'une manière générale de tous les habitants des quartiers populaires.

Le boucher, le boulanger, l'épicier mozabite, le « moutchous », tous les marchands des alentours avaient l'habitude de faire crédit. L'habitude était tellement ancrée qu'on n'avait pas besoin d'en faire la demande. D'eux-mêmes, les commerçants sortaient le petit carnet aux pages couvertes de chiffres.

Au bas d'une addition déjà longue, ils ajoutaient les derniers achats en date : à la fin du mois seulement, quand la paye était arrivée, la note était présentée aux clients. Personne n'en ressentait la moindre humiliation. Être pauvre n'était pas une infamie. Il fallait simplement « faire avec », et je n'ai jamais vu ma mère au comble de l'angoisse parce qu'il lui manquait six sous pour boucler son mois. Elle savait pouvoir compter sur une double solidarité : celle de sa famille et celle de l'immeuble tout entier.

Il y avait Pierrette et ses poulets, aussitôt transférés sur la table familiale. Ou bien Mémé d'en haut qui nous envoyait une belle polenta avec sa sauce tomate.

Il pouvait même arriver que mon père rapporte un peu d'argent à la maison...

Autant le dire tout de suite, ce cas tenait du miracle. Entre mon père et le travail, la mésentente a été si totale et si durable que j'ai fini par penser qu'elle relevait plutôt de la fatalité. Sans que d'ailleurs ma mère lui en fasse le reproche, mon père a toujours semblé incapable de tirer le moindre profit de ses activités. Il y a des gens nés pour gagner très bien leur vie, semblait-elle penser, d'autres non, et il faisait partie de ces derniers.

Des métiers, pourtant, il en essaya beaucoup : de représentant à gardien, de commerçant à comptable, la gamme avait beau être large, il ne réussit dans aucun. Pire qu'une malédiction : quoi qu'il entreprenne, à un moment ou à un autre un rouage grippait, et tout s'effondrait.

Ce n'est pas la bonne volonté qui lui manquait, probablement la discipline dans l'effort. Ou bien – ce que je pense au fond – son long séjour dans les armées l'avait rendu à jamais incapable de s'accoutumer aux obligations de la vie civile.

Un temps, il parcourut les campagnes autour d'Alger avec mon oncle Jacob. De ses débuts comme chauffeur de bus sur la ligne Bordj Bou Arreridj-Bou Saada, Jacob avait gardé l'amour du volant. Les deux partaient donc au soleil levant dans une vieille « Juvaquatre » Renault. Installé derrière, ravi d'échapper enfin à l'environnement urbain, je découvrais la belle campagne d'Alger, amoureusement cultivée.

Le but de la tournée était de rejoindre les petits villages de torchis, les douars de la Mitidja, où Jacob et mon père tentaient de vendre auprès des populations locales les bougies fabriquées par tonton Jacob ou bien une sorte d'encens très odorant, le « d'jeoui », destiné à chasser le mauvais œil. À côté du conducteur, mon père paraissait endormi, sujet à de terribles insomnies au cours desquelles il se levait en pleine nuit pour manger des poivrons tout seul dans la cuisine. Épuisé, il tentait de rattraper un peu de sa nuit, ballotté par la voiture. Son assoupissement ne l'empêchait pas d'indiquer la route à Jacob d'un simple mouvement de menton. En plein sommeil, on aurait dit qu'il parcourait le chemin dans sa tête, comme une sorte de GPS avant la lettre.

Une promotion lui valut bientôt une multicarte, qui lui permit de devenir représentant de commerce pour la région d'Alger. Toujours parti très tôt, il rentrait tard le soir, vidé. Non sans raisons.

Car, fidèle aux habitudes de la Légion, c'est à pied qu'il effectuait ses tournées, négligeant toute forme de transport individuel ou collectif. Je ne l'ai accompagné qu'une seule fois, mais ce jour-là, j'ai compris. Départ d'Alger pour rejoindre Maison-Carrée à l'autre bout de l'agglomération. Premier client. Puis trajet de Maison-Carrée jusqu'à Hussein-Dey à une autre extrémité de la ville. Deuxième client. Enfin, dernière étape, de Hussein-Dey au champ de manœuvres, troisième client. Au soir tombé, retour vers la maison, qui ne m'avait jamais paru aussi lointaine...

Des heures et des heures de marche d'un pas rapide, presque cadencé, pour n'approcher que deux ou trois clients par jour, comment espérait-il vivre de son activité ?

Imaginez cet homme parcourant des dizaines de kilomètres dans une ville escarpée, sous un soleil de plomb, une lourde valise d'échantillons à la main. Et revenant chez lui le soir, sans avoir quasiment rien vendu... Mes frères et moi, nous l'attendions très tard dans la nuit, angoissés, redoutant un attentat ou un accident et terrorisés de nous retrouver seuls au monde, sans la moindre défense.

Il travailla comme représentant de la maison Taïeb, gros négociant en vins et spiritueux, sans arriver là non plus à placer sa marchandise en quantité suffisante pour lui assurer un revenu. À vrai dire, sa nombreuse progéniture ne lui facilitait pas la tâche. En parallèle, il était parvenu à dénicher un autre emploi de représentant dans une prestigieuse maison de chocolats, il disposait d'une valise pleine de succulents échantillons.

À peine l'oubliait-il sur la table que nous nous jetions dessus pour dévorer son précieux contenu. Furieux, il partait au travail, avec une valise vide.

Les commissions encaissées étaient misérables, mais personne ne lui en tenait rigueur. Il faisait tout son possible, ma mère en était sûre. D'ailleurs, elle connaissait trop bien son Alexandre pour attendre autre chose de lui...

Un beau jour, mon père décida de changer radicalement son fusil d'épaule et revint à sa vocation naturelle de toubib attaché au 7, rue du Lézard, en même temps qu'il devenait écrivain public et se chargeait de la comptabilité de tonton Jacob.

La proportion d'analphabètes était encore très importante à cette époque.

Un document officiel à rédiger, une lettre à envoyer à une personne aimée ? Alexandre était toujours prêt à donner un coup de main. Il savait s'occuper des problèmes les plus ardus. L'armée, puis la gestion administrative du Cercle des Officiers l'avaient habitué à éplucher les dossiers les plus rébarbatifs auxquels il prenait même, je crois, un certain plaisir.

Au fond, ma mère et lui partageaient la même attitude vis-à-vis de l'argent. Ils n'en furent jamais les esclaves et pensaient tous les deux qu'il ne faut lui accorder que l'importance qu'il mérite, sans plus. Leur idéal commun se limitait au minimum nécessaire pour élever convenablement leurs enfants. C'est un peu mon regret de ne pas avoir pu rendre au centuple à mon père le peu qu'il nous donna à profusion pendant nos années d'enfance.

10

Le manque chronique d'argent n'empêchait pas un bonheur familial, dont je conserve la nostalgie au fond de moi-même.

Ma petite enfance fut marquée par d'innombrables réunions familiales, en particulier pour les grandes dates religieuses, qui voyaient converger vers l'appartement de Lisa, oncles et tantes, cousins et cousines, sans oublier nos voisins immédiats. À chaque fête de Pâque ou de Pourim, je ressens le même besoin de rassembler mes frères autour de moi. Mais c'est mon frère cadet Tony, le plus enjoué de nous tous, qui a repris le flambeau familial. La raison en est simple : c'est à lui que ma mère a confié ses secrets culinaires. Il est vrai qu'il s'y intéressait plus que nous. Les boulettes, le pain juif, les sablés salés, Tony sait tout faire. Lorsqu'il veut s'en donner la peine, son couscous du vendredi soir atteint chez lui des sommets. Pour Pâque, il laisse tomber ses activités professionnelles pour se consacrer uniquement à la cuisine pendant quarante-huit heures. Il a hérité de Driffa l'amour des plats « de chez nous » bien mijotés, et à travers lui, c'est un peu comme si elle était toujours là. Chez mon frère, la photo de maman est toujours en évidence et une petite veilleuse à huile éclaire son visage malicieux... Notre famille, quand il la rassemble le vendredi soir pour fêter le shabbat, c'est le 7, rue du Lézard qui s'invite pour quelques heures au cœur de Paris...

Mais la vie parisienne n'est pas celle de l'Algérie de notre enfance. Chacun a ses obligations, les liens se distendent, les amitiés s'étiolent, les traditions s'affaiblissent, les grandes familles s'éparpillent...

Je me souviens de l'écho des discussions bruyantes et animées, entrecoupées d'éclats de rire. Je revois encore autour de la table de chers visages, dont la plupart ont hélas disparu. Comment oublier tonton Jacob et tante Blanche, Yvonne, Chalom et Roland ? Comment penser sans émotion à Fortunée, tonton Alfred, Arlette et tous les autres ?...

De toutes nos tantes, Blanche était notre préférée. Aînée des sœurs de ma mère, c'était un personnage qui nous paraissait un peu extravagant. Deux fois par semaine disait-on, elle se rendait chez le coiffeur. Deux fois par semaine ! Les autres femmes réservaient permanentes et teintures aux seuls événements importants : le coiffeur revenait trop cher.

Mais tante Blanche avait les moyens et ne s'en cachait pas. Jacob l'accusait régulièrement de lui faire les poches, en quoi il n'avait peut-être pas tort... Elle arborait une teinture blond platine, genre Marilyn des années 50. Elle était l'éclat de rire de nos réunions, malgré les malheurs que la vie lui avait infligés ou peut-être à cause d'eux. Très jeune, elle était devenue Mme Jacob Atlan, et de ses dix enfants, trois seulement avaient survécu : Vivi, Julot et Odette. (Odette et son mari, un autre Jacob, furent les premiers de la famille à s'installer en France en 1957.)

Blanche ne se plaignait pas d'avoir perdu tant d'enfants. C'était la vie, autrefois : on faisait des enfants, ils mouraient, on recommençait. Sa frivolité de façade était peut-être l'antidote aux deuils qu'elle avait subis, à tous ces petits cercueils qu'elle avait suivis.

Je la revois, revenant du marché des Trois-Horloges, souriante, suivie d'un petit du quartier portant le panier à provisions sur la tête.

Plus encore que Pierrette Zegane, Blanche et Jacob incarnaient à nos yeux la vraie richesse. Ils vivaient boulevard de Champagne dans une maison qui dissimulait derrière sa façade une cour agrémentée d'une fontaine : tout ça rien que pour eux, pensions-nous ! Blanche s'y ennuyait un peu, car Jacob passait son temps à la « fabrique ». Petites moustaches noires, cheveux gominés, c'était un inventeur de génie. Dans *Le Coup de Sirocco*, Lucien Layani fut son parfait sosie. À croire que Jacob s'était réincarné dans la peau du comédien...

Tante Yvonne, elle, habitait à Maison-Carrée. Elle exerçait la profession bizarre de culottière (terme aujourd'hui disparu pour désigner une couturière de pantalons). Son mari Chalom, que tout le monde appelait Charlot, avait l'habitude de nous dire bonjour en nous pinçant la joue avec une vraie férocité. Leur appartement avait une particularité assez peu attrayante : il était situé sur les bords de l'Arrach, une sorte de ruisseau malodorant qui faisait office d'égout à ciel ouvert. On se rendait pourtant chez elle avec entrain. Au « cœur palpitant » de Jésus chez Pierrette répondait chez Yvonne un Moïse tout aussi extravagant dont la tête semblait lancer des « rayons lumineux »...

Roland, notre cousin – bientôt dix-huit ans –, menait la vie des jeunes Algérois du tout début des années 60 : il allait de surboum en surboum sur le scooter que lui avaient offert ses parents. Les filles montaient à califourchon derrière lui. Elles portaient la robe Vichy et les ballerines que B. B. avait lancées lors de son récent mariage avec Jacques Charrier.

Roland possédait aussi un tourne-disque sur lequel il écoutait des 45 tours : *Only You* des Platters, les premiers tubes des Chaussettes noires, et cette chanson de Bécaud aux paroles sulfureuses : *Mes mains dessinent dans le soir la forme d'un espoir qui ressemble à ton corps...* Les grands jugeaient ces mots d'un érotisme si audacieux qu'il nous était strictement interdit d'en entendre davantage. D'ailleurs, ce 45 tours était interdit aux moins de dix-huit ans. C'était écrit sur la pochette.

Enfin, je n'évoquerais pas notre tante Fortunée et son mari s'ils n'avaient été involontairement à la base d'un mini-drame familial. D'un tempérament très doux, voire placide, Fortunée, sœur cadette de ma mère, avait choisi de rester à Bordj Bou Arreridj, où elle occupait toujours l'appartement familial. Là-bas, elle avait rencontré et épousé Alfred, le plus charmant des hommes. (Et aussi le plus obèse, ce qui n'influait en rien sur son caractère.) Ils avaient eu quatre enfants, Arlette, Huguette, Marcel et Gilbert. Les garçons exerçaient la profession recherchée de soudeurs autogènes.

Venu à Alger alors qu'il était à la recherche d'un travail, le cousin Gilbert s'installa quelque temps chez nous, ajoutant une personne de plus à une maison déjà surpeuplée... Le « quelque temps » se transforma en quelques semaines, et Gilbert était toujours là.

Je ne sais quel événement éveilla les soupçons de mon père. Mais voici que subitement, à ses yeux, Gilbert était devenu l'amant de ma mère ! En dehors de tout ce que cette accusation pouvait avoir de ridicule, je ne vois ni comment, ni où, ni quand ma mère et son pseudo-« amant » se seraient retrouvés pour concrétiser leur soi-disant passion.

Partout, rue du Lézard, on était sous le regard de quelqu'un. Cinq enfants et une vieille femme impotente allongée en permanence sur son lit ne vous laissaient pas non plus beaucoup de loisir pour la bagatelle. Pourtant, mon père ne voulut jamais en démordre. Dans sa jalousie maladive, il se persuada même que le dernier de ses fils, Attila, était en fait l'enfant de Gilbert. Je ne sais pas si Gilbert a eu connaissance de cette histoire incroyable. Si ce n'est pas le cas, aujourd'hui je suis sûr que cela le fera sourire.

Gilbert finit heureusement par trouver du travail très loin d'Alger, sur les champs pétrolifères d'Hassi Messaoud, en plein Sahara où il rencontra sa future épouse.

La méfiance d'Alexandre ne s'éteignit pas pour autant... Comme chez tous les grands jaloux, il voyait le mal partout. Avant l'épisode Gilbert, il avait prétendu durant des mois que Tony était le fils du... laitier auprès duquel on s'approvisionnait régulièrement.

Mon père a souffert de cette pure folie maladive qui venait sûrement de la différence d'âge et de la peur de perdre la femme qu'il aimait passionnément.

11

Pourim était une de ces fêtes juives qui nous donnait l'occasion de nous rassembler. Entre Blanche, Jacob, Vivi, Yvonne, Céleste, Rachel, tata Monet, Cécile, Pierrot – j'en oublie, et je n'ai même pas cité les conjoints et encore moins les enfants –, c'était facilement plus de vingt personnes qui se réunissaient dans notre minuscule logis pour déguster les « cigares », les « makrouds », les gâteaux blancs couverts de sucre glace et saupoudrés de perles colorées – et autres « petits paniers » fourrés aux amandes. Toutes ces pâtisseries, ma mère ne manquait pas selon l'usage d'en distribuer dans le voisinage.

Le soir de la fête, l'ambiance était extraordinairement chaleureuse, ponctuée d'immenses éclats de rire. Les enfants couraient entre les jambes des adultes qui s'en préoccupaient assez peu. On était bien loin de la signification religieuse de Pourim : la commémoration du salut des Hébreux, menacés de massacre par l'empereur de Perse...

La veille de Kippour, j'entends encore les chuchotements de ma mère, de mes tantes et cousines, rassemblées dans la cuisine pour préparer les poulets que l'on servirait à la fin du jeûne, poulets rituellement tués par le rabbin au sous-sol de la synagogue. La tradition voulait que l'on sacrifie un poulet par convive. Ainsi, pour dix-huit personnes, dix-huit volailles passaient à la « casserole »...

Une chose était sûre : on mangerait du poulet, encore du poulet et rien que du poulet, pendant les huit jours suivants.

Les femmes plumaient les volailles, après s'être badigeonné les avant-bras d'huile, étrange coutume destinée à barrer la route aux poux. Abrités sous le plumage, les parasites s'engluaient dans l'huile qui leur interdisait toute progression.

Ponctuées d'éclats de rire, les conversations se tenaient en arabe afin que les enfants ne puissent pas participer. Faussement innocents, nous comprenions tout et nous n'en perdions pas une miette...

À l'époque où il était encore vivant, l'oncle Coco fournissait souvent le prétexte aux plaisanteries des femmes la plupart du temps à connotation sexuelle.

Toujours impeccablement habillé, le cheveu gominé, chaussures bicolores aux pieds, Coco effectuait de mystérieux déplacements vers Marseille. On disait pudiquement à son sujet : « Il se débrouille... » Il revenait de métropole escorté d'« amies » jeunes et jolies, mais plutôt voyantes... C'était apparemment la coutume de balader les prostituées de chaque côté de la Méditerranée.

Alger devait pour sa part en exporter vers la Canebière, en provenance directe des bouges de la Casbah immortalisés dans le film *Pépé le Moko*. La « régulière » de Coco s'appelait Denise. Elle me vouait une véritable adoration. Coco mourut de la tuberculose à l'hôpital de Beni Messous, après avoir passé ses dernières semaines rue du Lézard. Cela nous valut une désinfection totale de l'appartement par le service d'hygiène de la ville et une très sérieuse alerte médicale, en particulier chez mon frère Elmer atteint d'un voile au poumon.

L'autre grande fête religieuse, transmise depuis des milliers d'années à travers la diaspora était la Pâque juive : Pessah marque la libération du peuple d'Israël échappant enfin à l'état d'esclavage en Égypte. Pessah, c'est aussi l'arrivée du printemps, et l'obligation faite à chacun de procéder au grand renouveau en nettoyant sa maison de fond en comble. Ma mère lavait la vaisselle pour la purifier dans une grande bassine d'eau chaude au fond de laquelle elle avait déposé au préalable... des briques. Tradition bizarre restée pour moi inexpliquée... Pendant ce temps, mes frères et moi faisions la chasse au « khamès », le bout de pain oublié qui figurait l'interdit et qu'il fallait surtout retrouver avant le début des huit jours de la Pâque.

Mais le grand moment, c'était le repas traditionnel, le Seder, que nous attendions avec une impatience fébrile. Pour l'occasion, ma mère, aidée comme d'habitude de ses sœurs, dressait une table d'exception. La modestie de nos moyens lui interdisait le luxe des couverts en argent que l'on trouvait dans les maisons des riches Juifs des beaux quartiers, excepté la belle nappe blanche qui était de rigueur pour honorer nos invités. « Matsots », œufs durs, herbes amères, os grillés, etc., aucun des divers symboles de la fuite d'Égypte ne manquait sur la table. Sans oublier l'« assiette » richement colorée et très ancienne. On la sortait une fois par an pour l'occasion. Elle était attribuée durant le repas au chef de famille. J'ai hérité de cette assiette et chaque soir de Pâque, elle se retrouve sur la table de cérémonie, ainsi depuis toujours et j'espère pour longtemps encore...

Mon père, comme d'habitude lors des événements religieux, se tenait un peu à l'écart, tandis que tonton Jacob se tirait plus ou moins bien de l'épreuve de la Haggada, le récit en hébreu et en judéo-arabe (rite typiquement constantinois) qui évoque sous forme de dialogue la servitude des fils d'Israël jusqu'à leur libération grâce à l'intervention divine.

Dans le murmure des prières, un plateau porté à bout de bras par ma mère passait au-dessus de la tête des convives, chargé des symboles de la fuite d'Égypte. Dans un geste que je n'ai vu faire qu'en Algérie, chacun des hommes présents déposait au passage quelque menue monnaie sur le plateau. C'était l'unique aspect des choses qui nous intéressait, mes frères et moi, est-il besoin de le préciser ? De véritables pugilats nous opposaient ensuite, à qui récupérerait le plus de pièces quand Jacob retournait le plateau sur la table, le deuxième soir, à la fin du repas.

Enfin Noël arrivait. La fête chrétienne ne remportait pas un grand succès dans notre communauté. Pourtant, c'est à cette occasion que mon père commençait à sérieusement s'animer. La célébration de la naissance du Christ déclenchait en lui de mystérieux mécanismes. Surmontant toutes les oppositions de ma mère, il se lançait dans l'élaboration de différents plats hongrois, en plus des pieds de bœuf en gelée, déjà évoqués.

Ma mère se tenait à l'écart de ce qui constituait le sacrilège des sacrilèges : aucun des plats n'était cascher !

Pas question pour elle d'y toucher ! Quant aux enfants, en revanche, il leur était impossible de se dérober : les colères de mon père étaient redoutables surtout lorsque, comme souvent, il avait bu plus que de raison.

De ses années de Légion, il avait conservé l'habitude de boire sec à tous les repas. J'en garde d'autant mieux le souvenir que j'étais chargé de rapporter les casiers de bouteilles vides chez François, le marchand de vin. De gros tonneaux occupaient la boutique et chaque bouteille était remplie avec soin. François nous comptait parmi les meilleurs clients du quartier.

Dans ses moments de colère, pas question de résister à Alexandre, il aurait tout cassé. Alors, la gorge serrée, nous avalions la nourriture étrangère. Je dois avouer que, parfois, ce n'était pas si mauvais.

L'agitation qui s'emparait de mon père au moment de Noël ne cadrait pas réellement avec la judaïcité à laquelle il prétendait. Je pense qu'elle passa pour une excentricité supplémentaire de la part d'Alexandre.

Sur le plan culinaire, il m'a transmis en tout cas l'art et la manière de préparer un plat que, dans ma famille, nous avons toujours appelé le « fromage hongrois ». On le mangeait le samedi soir, jour de la semaine où ma mère tel Dieu avait enfin droit au jour de repos... La liste des ingrédients nécessaires à l'élaboration de ce plat ressemble à un inventaire à la Prévert.

Sous nos regards affamés, maniant sa fourchette comme une truelle, Alexandre écrasait et mélangeait dans un grand récipient sardines à l'huile, roquefort, carré Gervais, beurre, paprika et oignons coupés en morceaux... Sans oublier une bonne dose de moutarde.

Le tout se savourait sur des tranches de gros pain espagnol acheté chez Mme Rodriguez. Ce fromage hongrois par je ne sais quelle magie, s'avérait extrêmement bon. Il avait en tout cas une utilité, celle de remplir à satiété des estomacs d'enfants qui criaient sans cesse famine.

J'en ai précieusement conservé la recette. Alexandre, Lisa et Yacha, mes propres enfants, ont toujours montré un réel entrain chaque fois que j'en préparais. Ou bien était-ce uniquement pour me faire plaisir ?

12

Je conserve précieusement sur mon bureau une photo en noir et blanc prise par mon père fin 1958. Elle me rappelle la période des vacances au centre de loisirs de Ben Aknoun. Comme d'habitude, Alexandre faisait bande à part en restant à la maison. Mais il débarquait chaque dimanche pour passer la journée avec nous au grand air, sous les pins.

Quelques-unes des vues qu'il prenait à l'aide de son vieux Kodak à soufflet ont survécu à l'exode, dont celle qui orne aujourd'hui ma table de travail. C'est l'un des rares clichés où ma mère soit entourée de ses cinq diablotins à la peau tannée par le soleil. Tous vêtus à l'identique : tricot de peau blanc et short de nylon bleu, nous sommes littéralement affalés sur elle, petits lutins pleins de vie qui ont envahi la sienne, au point de ne jamais lui laisser une seconde de répit.

Je frémis aujourd'hui en évoquant l'existence de cette femme d'apparence si fragile. Cinq garçons à élever, à habiller, à nourrir quotidiennement ! Plus de cent repas par semaine à préparer, sans compter les petits déjeuners et les goûters. L'enfer...

Parfois, tout de même, les nerfs de Driffa finissaient par lâcher et elle sortait l'arme ultime : le martinet. Le plus dur restait à accomplir : appliquer la punition au coupable. Nous étions plus souples et plus rapides que des chats de gouttière, et les lanières de cuir ne trouvaient souvent que le vide à fouetter...

Les escaliers nous offraient en bas un débouché sur les deux cours intérieures, en haut, une ouverture sur les terrasses de l'immeuble, juste le temps que la fureur maternelle s'apaise...

Driffa ne parvint à me bloquer qu'une seule fois, mais je m'en souviens encore aujourd'hui : à la suite d'une fatale erreur d'aiguillage, il ne me restait comme refuge que l'étroit balcon donnant sur la rue. Grave erreur de trajectoire, car ma mère eut tôt fait de me débusquer derrière une dérisoire caisse en carton. Le martinet me cingla les cuisses malgré mes cris et supplications. Comme à l'accoutumée, toute la rue du Lézard, goguenarde, assistait au spectacle gratuit.

Driffa était pourtant d'une immense patience avec la nichée que lui avait imposée Alexandre en à peine huit ans. Après l'arrivée d'Attila, le petit dernier, en 1955, Driffa décida de mettre un terme définitif à ses grossesses en rafale. Le contrôle des naissances se résumait à des moyens très rudimentaires, et il me fallut longtemps pour comprendre la raison des cavalcades maternelles jusqu'à la cuisine au milieu de la nuit. En l'absence de salle de bains, notre seule source d'eau était le robinet de l'évier. L'insouciance, voire l'inconscience d'Alexandre, lui imposait ces courses nocturnes, seule façon d'éviter la venue d'un nouvel enfant.

Sur la photo de Ben Aknoun [1], notre fratrie apparaît telle qu'en elle-même, turbulente et remuante.

Tony, le plus gentil et le plus affectueux de nous tous, se tient assis au premier plan, la main posée sur le genou de François, dont la tête est appuyée contre les jambes d'Attila qui a enlevé ses lunettes. Elmer et moi sommes installés sur le plus haut des lits superposés. Enfin, Driffa se tient un peu en retrait, assise sur une chaise longue, l'air, pour une fois, détendue.

Si j'ai conservé cette photo depuis toutes ces années, c'est pour une raison précise. Un sentiment étrange m'a longtemps habité : celui d'être étranger à ma propre famille. Sur ce cliché, c'est justement l'impression que je donne. J'aimais mes parents, j'aimais mes frères et en même temps je me sentais comme extérieur à cette agitation perpétuelle et ces cris incessants. C'était pourtant mon univers. Je n'ai aucune intention de le désavouer. Mais une partie de moi a toujours porté un regard critique sur le spectacle que nous donnions de nous-mêmes. Nous étions – pourquoi le nier ? – une famille bruyante et un rien envahissante.

J'ai le souvenir d'un parcours à bord d'un tramway des CFTA. Nous rentrons de Maison-Carrée. Une chaleur accablante règne dans le wagon. Nous avons des places assises et toute la famille a succombé au sommeil. Sauf moi. Ils dorment profondément, la tête sur l'épaule l'un de l'autre, la bouche parfois entrouverte.

Et soudain, je ne les regarde plus par mes yeux mais par ceux des autres passagers qui observent notre groupe avec, me semble-t-il, un peu d'amusement. Je ne sais pourquoi, j'ai honte. J'aimerais être à mille

1. Qui figure sur la converture de ce livre.

lieues de là, loin de cette famille affalée sur les banquettes. Alors à mon tour et pour échapper à cette honte, je fais mine de dormir...

J'ignore ce qui a pu se déclencher en moi ce jour-là – j'avais au plus dix ou onze ans –, mais cette vision ne m'a plus jamais quitté. Question de nombre, sans doute : une famille multiple occupe fatalement beaucoup d'espace. Cinéma, plage, lieux publics, notre arrivée animée et désordonnée attirait toujours l'attention, d'autant que nos bagarres incessantes se terminaient souvent par une gifle de mon père, ce qui entraînait une recrudescence de pleurs et de sanglots. Ma sensibilité me rendait peut-être plus vulnérable au regard des autres. Surtout quand je croyais y percevoir de la moquerie ou, pire encore, du mépris.

Au vu de notre propre spectacle, avec nos vêtements toujours identiques et nos cheveux en brosse, je sentais monter en moi l'envie constante de nous excuser d'être aussi envahissants, de perturber un environnement jusqu'alors ordonné et paisible. Mais je n'en faisais rien. Bon gré mal gré, je restais solidaire, jusqu'au moment où la vie s'est chargée de nous disperser pour ne plus nous réunir que trop rarement. Désormais, la nostalgie de nos grandes assemblées familiales me poursuit avec une ironie grinçante...

De mes quatre frères, c'est d'Antoine, dit Tony, et d'Attila le benjamin que j'ai toujours été le plus proche. Tony est un décorateur apprécié du monde du cinéma et de la télévision, il a travaillé avec les plus grands, quant à Attila, il a trouvé sa voie en devenant régisseur de cinéma. Les deux partagent avec moi l'héritage hongrois de la peau et des cheveux plutôt clairs. Les deux autres, les « bruns », Elmer et François, ne pouvaient être plus différents de nous.

Elmer fut d'emblée un garçon d'un caractère difficile. Dieu sait d'où lui venait ce tempérament à fleur de peau qui se manifestait par de véritables explosions de colère. À cinq ans, il réussit à casser un petit banc de bois sur la tête de Simone, la fille de Margot... D'un an à peine plus âgé, je jouais plutôt dans le registre de l'enfant sage et, du coup, la violence d'Elmer n'en ressortait que davantage. Ses propres frères étaient les victimes de ses rages incontrôlées, qui pouvaient laisser des traces, comme ce fut le cas pour Attila. On ne comptait plus les corrections qu'il reçut de mon père comme de ma mère. Mais rien ne put dompter cette tête brûlée. Peut-être tirait-il son orgueil de sa capacité à résister et de la crainte qu'il inspirait autour de lui.

De nous tous, je l'ai toujours considéré comme le plus authentiquement « pied-noir », un vrai Hadjedj... Avec le temps, je me suis parfois demandé si mon aspect de petit blondinet bien élevé n'exacerbait pas en lui l'envie de détruire cette image. Je me revois à l'école Saint-Vincent-de-Paul, toujours dans les premiers rangs, chouchouté par les bonnes sœurs, alors qu'Elmer dort au fond de la classe, parfaite caricature du cancre...

Aujourd'hui à la tête d'une entreprise de dépannage automobile, Elmer semble enfin calmé. Avec l'âge, il a pris du poids et de la bonhomie. Il me rappelle de plus en plus tonton Chalom. Nous ne nous voyons qu'à de trop rares occasions, fêtes, mariages, et malheureusement enterrements.

François, l'avant-dernier, se détacha trop vite de notre clan. À cause des six ans qui nous séparaient, il faisait partie des « petits ». À dix-huit ans, mes préoccupations n'étaient plus celles du garçon de douze ans qu'il était.

Son itinéraire politique l'entraîna dans un engagement au Parti communiste. Il est aujourd'hui administrateur de sociétés à Grenoble. Nos retrouvailles, malheureusement peu fréquentes, sont brèves et un peu réservées. Dommage...

Il me revient pourtant en mémoire nombre d'épisodes heureux de notre enfance. Les souvenirs qui nous rattachent à la rue du Lézard sont tellement forts. Même si je considérais notre groupe familial avec un certain détachement, cette chaleur, ce désordre et ces cris ont été le ferment où s'est formé mon caractère et m'expliquent aujourd'hui totalement.

Au milieu de mes tournages les plus longs et les plus difficiles – *Le Grand Pardon*, *Le Grand Carnaval* ou *L'Union sacrée* –, rien ne m'était plus précieux que de reconstituer l'espace d'un soir une « famille » autour de moi : Darmon, Bruel, Bacri, Berry, faisaient alors office de grands et de petits frères. Je me souviens notamment d'un étonnant Seder de Pessah improvisé à Miami pendant le tournage du *Grand Pardon 2*. De Gérard Darmon à Jean Benguigui, sans oublier Jean-Claude de Goros à côté de Tony et Attila, ma « tribu » était à nouveau rassemblée dans la ferveur d'une célébration certes maladroite, car nos notions d'hébreu étaient quelque peu défaillantes... Mais je retrouvais là, avec émotion, même de l'autre côté de l'Atlantique, l'écho lointain de nos fêtes familiales, de nos querelles et de nos rires d'enfants.

Lisa Hadjedj, ma grand-mère.

Alexandre et Driffa, à Paris. Ils venaient de se marier.

Sauf mention spéciale, les documents proviennent de l'auteur.

Saigon, 1935.
Mon père, le légionnaire *(premier à gauche)*, en tenue coloniale.

Borj Bou Arreridj, 1924.
Driffa *(à gauche)* en tenue traditionnelle, Coco, Blanche, Fortunée et Ninette *(assise)*.

Tonton Jacob, le baroudeur et l'inventeur, sur la route de Bou Saada.

Coco, le tombeur, en chaussures bicolores.

Tata Blanche, la coquette à Alger.

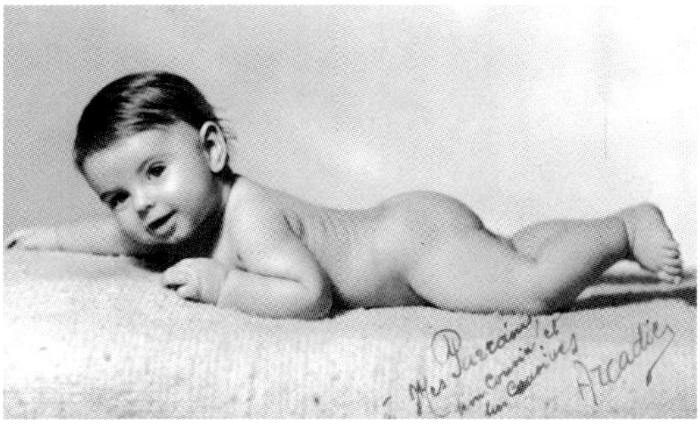

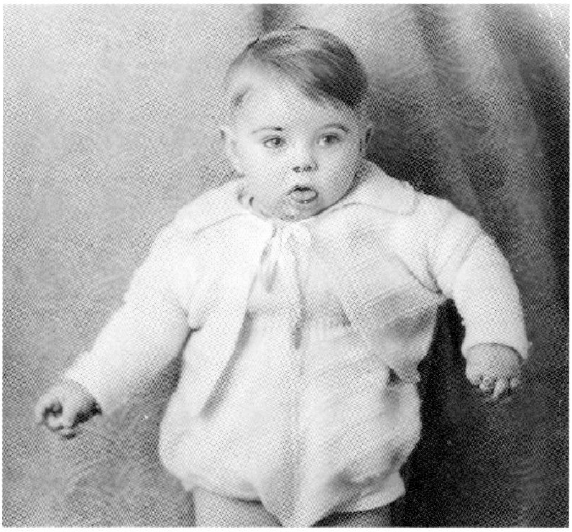

Le petit blond de la Casbah.

Dans les bras de Maman.

Sur la plage à Fort-de-l'Eau.

Avec Maman, Pierrette et, derrière moi, Josette (*la jambe dans le plâtre*). Les premières femmes de ma vie.

Par ordre de grandeur : Arcady, Elmer, Tony, François et Attila.

Les trois premiers…

Dans mon costume cravate de bar-mitsva. La « tribu Egry » rassemblée pour la photo souvenir.

L'école Saint-Vincent-de-Paul et sœur Marguerite.

A Maison-Carrée, chez tante Yvonne.

Rachel, Cécile, Vivi, Monet, Georgeo et… les autres, aux bains Franco.

A moi, Paris…
« tu m'as pris dans tes bras ! »

Sylvia Azoulay (Yardena).
Elle avait 16 ans…

Simkhe et Yardena à l'Hachomer Hatzaïr.

Driffa de retour à Alger (1985)
au cimetière de Saint-Eugène,
sur la tombe de mémé Lisa.

Le retour du grand blond à la Casbah, sur la terrasse du 7, rue du Lézard.

13

Indissociable de toute évocation du passé à Alger : la mer.

Une mer omniprésente, apparue soudain au bas d'une longue rue en pente, ou évoquée par les longs coups de sirène des innombrables bateaux qui se présentaient à l'entrée du port. Depuis la rue du Lézard, il suffisait de traverser la place du Gouvernement pour accéder au front de mer qui dominait le port toujours grouillant d'activité.

Un peu sur la gauche, non loin du lycée Bugeaud, nous attendaient les bains Padovani, ancrés dans la mémoire de tous les anciens Algérois. C'est avec Pierrette que je fréquentais cette plage, élevée par Albert Camus à la hauteur d'un mythe dans *Noces*. Roger Hanin se souvient du temps où on venait encore laver les chevaux au milieu des vagues – images d'une beauté rare.

Pour ma part, c'est aux bains Padovani que j'ai pris goût à l'art du bronzage... Tout en recouvrant d'Ambre solaire le dos de Pierrette, j'observais les chanceux qui se baignaient à quelques dizaines de mètres dans la piscine du Club nautique. Il n'était pas question pour nous d'accéder à cet espace réservé aux privilégiés et à leurs invités, bref les « riches »... Je découvrais à cette occasion l' « apartheid » économique et social, incompréhensible pour un enfant.

Autour d'Alger s'étirait un chapelet de plages plus belles les unes que les autres : pointe Pescade, Fort-de-l'Eau, Sidi-Ferruch, Aïn-Taya, Fouka-Marine, cap Matifou, Bains-Romains, ou La Madrague, à Guyotville, charmants petits ports de pêche, agrémentés de belles villas ou cabanons au confort plus que sommaire sans eau ni électricité. Quelques lits de camp, une lampe-tempête suffisaient à faire le bonheur des familles.

Le soir, les hommes se réunissaient autour de la traditionnelle anisette accompagnée de la « kémia », (assortiment typique d'amuse-gueules) avant de s'attaquer à une monumentale « sardinade », pêchée quelques heures auparavant. Bonheurs tout simples pour des gens qui croyaient vivre à l'ombre de l'éternité. *Cette race*, disait Camus, *est née du soleil et de la mer.*

Le deuil que les pieds-noirs ne pourront jamais surmonter est celui de leurs plages, ces magnifiques étendues de sable fin où ils célébraient à longueur d'étés accablants leurs noces avec le soleil. Mon désir est simplement d'exprimer la profondeur du chagrin lié à la perte de ce paradis perdu, de cette terre âpre, violente, mais si infiniment attachante.

Au 7, rue du Lézard, nous n'étions pas aussi cultivés que notre prix Nobel de littérature, et peu connaissaient le nom de Tipasa, l'exceptionnel site romain aux portes mêmes de la capitale. Nous, nous trouvions un bonheur infiniment moins chic à une demi-heure en car de la Casbah. Ce paradis avait un nom : les bains Franco.

Imaginez une anse minuscule ou, si l'on préfère, une énorme piscine d'eau salée. Une longue jetée abrite la petite plage et casse les vagues les plus agressives. La jetée permet aussi aux plus grands de pratiquer les plongeons du haut des blocs de ciment.

Les familles débarquent à dix avec couffins et paniers de nourriture. Le sable accueille une véritable fourmilière humaine et tout le monde se bat pour quelques mètres carrés, c'est de bonne guerre.

Les gosses vont piquer une tête pendant que les femmes déploient le parasol. Peu d'entre elles se baignent, trop occupées à préparer le pique-nique. Et puis il faut bien tenir compagnie aux grands-mères. Ah, les grands-mères pieds-noirs... Vieilles Espagnoles, vieilles Maltaises ou vieilles Juives comme Lisa, elles sont le cœur et l'âme des familles. Amour et tendresse les entourent, dont on n'a plus idée aujourd'hui. Pour venir d'Alger, elles ont pris place – beaucoup de place – dans l'autocar, la 4 chevaux, l'Aronde « Plein Ciel » ou la Panhard. Mais personne ne pourrait imaginer une journée à la plage sans elles ! Sous le parasol, ces vieilles dames s'installent sur une petite chaise de toile dont elles ne bougeront plus jusqu'à la fin de l'après-midi. Parfois, par précaution supplémentaire contre le soleil, elles nouent un petit mouchoir sur leur tête.

Elles restent là des heures durant, immobiles, silencieuses, à contempler l'agitation de la plage, les gosses qui reviennent en pleurant, les gens qui se querellent pour une serviette déplacée, un hélicoptère de l'armée qui effectue des rondes de surveillance car les attentats se font de plus en plus nombreux et meurtriers.

Les scènes s'accompagnent d'un fond sonore ahurissant : pour attirer le monde, les propriétaires des bains Franco ont installé de puissants haut-parleurs. On se baigne au son d'Aznavour, de Piaf ou de l'accordéon d'Yvette Horner.

Même sous l'eau, impossible d'échapper aux immortelles paroles de *Sur ma vie* balancées à 300 décibels en surface... Mais qu'auraient été les bains Franco sans ce tourbillon sonore dont on percevait les premiers échos à peine descendus du bus, à l'arrêt des Deux-Moulins ?

Après les journées passées dans l'ambiance oppressante de la basse Casbah, ces quelques heures rappelaient que la vie n'était pas seulement faite de grenades jetées dans les magasins, de paras patrouillant aux aguets, de cadavres hâtivement recouverts d'un journal, mais qu'il existait aussi le plaisir de plonger dans l'eau pour se rattraper à une énorme chambre à air de camion (quand nous avions les moyens d'en louer une) et partir vers le large.

À l'heure du repas, ma mère ouvrait le couffin à provisions. Elle en tirait sa délicieuse salade de pommes de terre, un poulet froid, des œufs durs, des oranges, parfois des « cocas », ces petits chaussons fourrés à la tomate, probablement d'origine espagnole, sans oublier la bouteille de Selecto, notre Coca-Cola local.

Cette femme seule entourée de ses enfants suscitait probablement des questions : était-elle veuve ? Son mari l'avait-il abandonnée ?

La vérité c'est que, pour en ajouter à la liste déjà longue de ses singularités, mon père détestait tout ce qui, de près ou de loin, ressemblait à de l'eau salée. Né au cœur du continent européen, il n'avait aucune raison d'aimer particulièrement la mer. Il ne partageait pas notre passion pour les dimanches à la plage et je ne l'ai jamais vu se joindre à nous, ne serait-ce que pour s'allonger tranquillement sur le sable.

Au printemps, en revanche, il prenait plaisir à nous emmener les dimanches après-midi pour une promenade au Jardin d'essais.

Au cœur d'Alger, ce jardin luxuriant s'étendait de l'Institut Pasteur au bord de la mer. Jardin extraordinaire, planté d'arbres et de fleurs venus du monde entier. Dans les allées ombragées, des bancs de pierre accueillaient les visiteurs autour des bassins et des jets d'eau. J'ai le souvenir qu'un 17 mars ensoleillé, après le traditionnel gâteau d'anniversaire, nous nous sommes tous retrouvés dans ce parc. Je venais de recevoir comme cadeau ma première montre ; j'avais sept ans. Fier comme Artaban, je la portais très visiblement au poignet. Un homme n'a pas tardé à m'accoster pour me demander l'heure. Grave problème : je ne savais pas encore lire un cadran. Sans me démonter, je lui ai répondu qu'elle ne marchait pas et j'ai continué calmement mon chemin dans ma petite saharienne marron et mes sandalettes de cuir.

Les dimanches d'été où toute la ville suffocante allait chercher un peu d'air en bord de mer, Alexandre demeurait soigneusement calfeutré avec Lisa dans notre petit appartement. Que se disaient-ils pendant ces longues heures ? Lisa parlait à mon père en arabe, langue qu'il ne comprenait pas. Il lui répondait en français, dont elle ne connaissait que quelques mots. Les volets fermés pour garder la fraîcheur, il restait cloîtré jusqu'à notre retour, à l'heure où le soleil commençait à décliner.

Si le départ pour les bains Franco avait été animé et bruyant, on regagnait la rue du Lézard accablés de fatigue dans les fameux embouteillages (déjà) des retours de la plage. Des heures durant, nous avions nagé, couru, roulé sur le sable sans la moindre protection solaire. On imagine dans quel état nous retrouvions nos pénates. Je crois qu'à plusieurs reprises nous avons frôlé de graves brûlures. Heureusement, le « docteur » Alexandre veillait...

Comme infirmier aux colonies, il avait déjà affronté le problème, et il connaissait un remède des plus étranges. Il découpait des tomates en deux et nous passait les moitiés ruisselantes de jus sur le dos et les épaules, ce qui nous procurait un soulagement immédiat, mais très provisoire. Deux ou trois jours plus tard, la peau séchée se détachait par lambeaux. Nous pelions abondamment. Puis, le dimanche suivant, tout recommençait.

14

Les années de la toute petite enfance avaient passé comme un rêve. Se profilait à l'horizon la perspective inquiétante de l'enseignement scolaire. Rue du Lézard, on n'y attachait pas une importance démesurée. La majorité des gens, sans être totalement analphabète, lisait ou écrivait avec difficulté. Dépasser le « certif » vous classait déjà parmi les exceptions. Il fallait travailler tôt et dur pour gagner sa vie et, dans des milieux populaires, user ses fonds de culotte en classe ne s'imposait pas.

Cependant, Alexandre avait de hautes ambitions pour ses fils. En particulier pour l'aîné. Ce fut le début du cauchemar, car l'école en Algérie fut la plus éprouvante de mes expériences. Non en raison de la difficulté des leçons, mais parce que c'est là que pour la première fois, je fus confronté au racisme et à la haine.

Tout avait pourtant bien commencé, suivant comme d'habitude des chemins un peu détournés. Il n'existait aucune école maternelle à proximité de la rue du Lézard. En revanche, un établissement religieux, les Sœurs de Saint-Vincent-de-Paul – avec leurs cornettes blanches –, répandait ses bienfaits, tout près de là, dans le petit monde de la Casbah. Toute la population arabe venait se faire soigner gratuitement au dispensaire par ces femmes chaleureuses et dévouées. Certaines choisirent d'ailleurs de rester en Algérie, même après l'indépendance, parmi ces gens qu'elles aimaient et qui le leur rendaient.

Une autre partie de l'établissement, à vocation scolaire, accueillait « exclusivement » les enfants chrétiens en bas âge.

Et c'est tout naturellement, (avec quand même un certain culot !) que ma mère alla se présenter aux religieuses. Elle expliqua que, juive certes et fière de l'être, elle avait épousé un « catholique », et que le papa désirait que ses enfants soient éduqués à l'ombre de la Croix.

Les sœurs furent-elles dupes ? J'en doute. Toujours est-il qu'elles m'accueillirent sans hésiter, et qu'elles firent de même, par la suite, pour mes frères Elmer et Tony. Avons-nous subi pour l'occasion un baptême catholique ? Je n'en ai aucun souvenir, mais ce n'est pas du tout impossible.

Je garde de ces trois années le souvenir d'un bonheur sans mélange. J'étais devenu le préféré, je dirais même le chouchou, de l'une des religieuses. Une fois encore, ma frimousse de petit chérubin blondinet, si peu commune à Alger, me facilitait les choses.

Je devins la coqueluche de l'institution, en particulier de sœur Marguerite qui se mettait en quatre pour exaucer le moindre de mes désirs. Autant elle pouvait être d'une infinie douceur avec moi, autant elle était sévère avec les autres enfants, qu'elle crochetait dans la cour avec la poignée de sa canne quand la discipline l'exigeait. Mais la situation, si elle offrait beaucoup d'avantages, n'allait pas non plus sans quelques inconvénients...

Il n'était pas question à Saint-Vincent d'échapper au rituel catholique.

Très vite, les « Notre-Père » et autres « Je vous salue, Marie » n'eurent plus aucun secret pour moi. Aux côtés de mes petits camarades catholiques, je récitais mes prières avec ferveur.

Au mois de mai, je suivais comme tout le monde la procession de la Vierge dans la cour de l'école.

Et je savais que si les cloches sonnaient chaque vendredi à quinze heures, c'était pour rappeler la Résurrection du Christ...

À la nuit tombée, au moment de me coucher, s'ouvrait une période d'intense perplexité : que réciter ? Une prière juive ou une prière chrétienne ? Qui choisir ? Moïse ou Jésus ? Le crucifix ou l'étoile de David ? Dans le doute, et manquant d'aide sur ce choix délicat, je préférais m'acquitter des deux prières, l'une après l'autre : le « Chema Israël » et « Je vous salue, Marie »...

Dans l'ensemble, cependant, l'ajustement fut rapide et même aisé. L'insouciance enfantine aidant, la période de Saint-Vincent occupe aujourd'hui encore dans mon cœur une place privilégiée. J'échappais au 7, rue du Lézard pour découvrir, avec la souriante douceur de sœur Marguerite, un monde extérieur qui semblait ne recéler aucune agressivité. La montée de la guerre modifierait bientôt ma perception des choses, et troublerait mon entrée à l'école primaire de la rue du Soudan.

Ma chère sœur Marguerite périt, hélas, dans un attentat – victime de la haine religieuse, déjà – près du jardin Marengo : je vois encore son regard extasié une belle nuit de 24 décembre, à l'occasion de la messe de minuit.

Habillé en petit pâtre (torse nu, une peau de mouton pour costume et un petit agneau en peluche dans les bras), je suis au centre de l'attention générale dans la Grande Cathédrale d'Alger... Dans la crèche vivante, je figure l'un des bergers accourus à l'étable de Bethléem pour veiller sur l'Enfant Jésus, avec l'âne, le bœuf et les Rois mages. Sacrée promotion pour un petit Juif... ou simple retour aux sources. (Après tout, Jésus, Marie et Joseph étaient bien juifs eux aussi.)

Où se trouvait ma famille ce soir-là ? Je ne m'en souviens pas. Mais je n'étais pas venu seul, vu mon âge. J'imagine ma mère dans le public, un peu gênée probablement de se trouver là, au milieu des « autres », mais fière tout de même que son enfant tienne la vedette. Quant à mon père, Dieu seul sait où il était planqué... Dans notre Algérie où les religions étaient tellement mélangées, je ne crois pas que ma participation à une cérémonie chrétienne ait eu réellement d'importance. Nous savions bien que Dieu y retrouverait les siens.

Cette veillée de Noël se conclut sur une note beaucoup plus sombre. À peine rentré à la maison, victime du froid glacial qui régnait à la cathédrale, je m'effondrai dans mon lit avec 40° de fièvre. Le diagnostic de mon père, confirmé par les médecins, établit qu'il s'agissait d'une pneumonie. On m'hospitalisa d'urgence à l'hôpital Mustapha où je devais rester en traitement pendant près de six semaines.

Mais l'événement déterminant le virage radical, ce fut mon entrée à l'école primaire du Soudan. Fini le souriant paradis des religieuses. L'enfer – cinq cents élèves, des bâtiments immenses et lugubres – se dressait de l'autre côté de la rue. Il me fallait soudain affronter la vie, la vraie. L'intolérance et le racisme.

D'abord, comment définir le racisme dans ces départements français si singuliers de l'Algérois, de l'Oranais et du Constantinois ? Je n'ai jamais approuvé ces formules stéréotypées que l'on se jette si facilement au visage dans les grands débats théoriques. Le racisme en Algérie n'était ni celui des nazis, ni celui du sud des États-Unis, et encore moins celui de l'apartheid. Pourtant il existait, ce serait vain et ridicule de le nier. Un racisme en étages, qui commençait par accabler les Arabes avant de s'étendre aux Juifs, puis aux immigrés les plus pauvres.

De plus, des préjugés opposaient les communautés entre elles. Certains Arabes méprisaient de manière ancestrale les Juifs, qui le leur rendaient bien. Quant aux Espagnols, ils subissaient réflexions et remarques des Maltais, et réciproquement ! Bref, le racisme était loin d'être une notion inconnue chez les pieds-noirs. La différence, c'est qu'il ne disait jamais son nom. S'il ne se remarquait guère, c'est que chaque communauté, en quelque sorte, connaissait sa place.

Les musulmans se savaient au bas de l'échelle. Tant qu'ils ne cherchaient pas à s'élever, tout allait bien. Coutumes, traditions, religion, ils pouvaient pratiquer en toute liberté.

Mais qu'un élève un peu trop brillant aspire à continuer ses études après le bac, qu'un fonctionnaire montre des dispositions qui l'autorisent à monter en grade, alors le terrible système du *numerus clausus* entrait en application. L'invisible barrière s'abaissait devant tout candidat à la promotion et rares furent ceux qui réussirent à la franchir. Nous avons payé chèrement l'absence de cadres algériens d'envergure, alors qu'ils devaient tout à l'école française.

Les Juifs n'étaient pas épargnés. Devenus français à la fin du XIXe siècle, désireux de s'assimiler au plus vite, ils constituaient le plus souvent le gros de la bourgeoisie commerçante et des professions libérales : médecins, dentistes, avocats... Ils étaient un peu l'épine dorsale du système économique urbain.

Pourtant, de la même manière que pour les Arabes, tout allait bien tant qu'ils restaient « entre eux ». Que l'un d'eux s'avise de briguer des responsabilités politiques, là encore la barrière s'abattait.

Le constat est accablant : rarissimes, sinon inexistants, ont été les Juifs algériens à devenir maires, et encore moins députés (un seul, à ma connaissance, fut élu dans la basse Casbah). Les classes dirigeantes, d'origine le plus souvent française, ne voulaient pas d'eux. Pas question de partager le pouvoir !

En fin de compte, chaque communauté évoluait dans sa sphère sans jamais pénétrer l'autre. La société semblait mélangée, mais selon un subtil mécanisme qui évitait constamment les points de friction.

Le racisme se dissimulait dans les comportements les plus simples : sur un million de Français d'Algérie, combien avaient appris l'arabe ? Une infime minorité.

Dans certaines familles européennes, un enfant qui rapportait quelques mots d'arabe glanés auprès des « yaouleds » de la rue provoquait un incident de la plus grande gravité. C'était aux indigènes d'apprendre le français, et certainement pas l'inverse, pensait-on. Le gouffre entre les communautés ne s'en trouvait pas réduit.

Enfin, il faut mentionner la part de l'irrationnel, c'est-à-dire l'incompréhensible, qui touche au plus profond de la nature humaine. J'ai gardé le souvenir très vif d'un bonbon offert un soir de 14 Juillet par un monsieur fort aimable... mais arabe. Quelques pas plus loin, une dame très élégante qui avait assisté à la scène me demanda de jeter le bonbon car, me dit-elle, « on ne doit rien accepter d'eux. On ne sait jamais... ». Paroles prononcées sans la moindre méchanceté mais qui, mieux qu'un long discours, éclairent les rapports humains à l'époque de la colonie.

Mais ce racisme était loin d'être unilatéral.

15

« Sale Juif ! » Dès mes premiers pas à l'école du Soudan retentit cette éternelle injure, qui me poursuivit pendant des mois. L'établissement était majoritairement fréquenté par les enfants des familles musulmanes de la Casbah. Le crâne souvent rasé en raison des parasites, vêtus pauvrement, parfois même de haillons, les gamins avaient l'habitude d'arracher à la vie ce qu'elle ne voulait pas leur donner.

Lorsque je débarquai parmi eux, je leur apparus sûrement comme venu d'une autre planète. L'impression était d'ailleurs réciproque. Ravis de l'arrivée d'un petit « Européen » – nous n'étions qu'une poignée de Français dans cet établissement –, les enseignants rivalisaient de gentillesse à mon égard, si bien que, du jour au lendemain, le petit blond de la Casbah devint la tête de Turc des autres élèves. Un seul visage amical émerge du lot : celui de Paul Narboni, un garçon de mon âge dont le père tenait, je crois, un commerce rue Randon.

Une violence incroyable régnait en permanence dans les classes et en récréation. Ce n'était que bagarres, injures, corps à corps furieux, que les instituteurs ne parvenaient pas à apaiser.

L'un d'eux, un enseignant d'origine algérienne, appliquait même un système qui serait aujourd'hui rejeté par tout le monde quoique d'une remarquable efficacité. Faute de pouvoir interdire les actes de violence, il avait décidé de les canaliser en organisant à l'intérieur de la classe... des combats de boxe.

Les élèves un peu « chauds » recevaient chacun un gant et notre instit se plaçait en position d'arbitre. Pas très fiers, les écoliers commençaient à échanger crochets, directs et « uppercuts », avec souvent pour résultat un œil poché ou un nez un peu meurtri. Bizarrement, le calme revenait très vite dans la classe, car le spectacle de ce combat improvisé montrait à chacun que son tour d'enfiler les gants pouvait venir, avec le risque de prendre des coups. Je livre la recette aux enseignants des établissements réputés difficiles...

Pour détériorer encore le climat de l'école, le directeur, s'imaginant peut-être administrer un camp de redressement, nous imposait tous les matins, au garde-à-vous, un salut au drapeau, comme au temps de Pétain ! On chantait *La Marseillaise*, mais je pense que *Maréchal, nous voilà*, aurait mieux convenu à l'ambiance générale...

Je m'éveillais chaque jour le cœur serré à l'idée d'avoir à rejoindre les sinistres bâtiments scolaires. Il ne me reste qu'un seul souvenir agréable : celui de la grève des écoles décrétée par le FLN. Pendant des semaines, les élèves les plus turbulents restèrent chez eux, empêchés par leurs parents d'aller aux cours. Nous n'étions plus que trois ou quatre par classe : le bonheur...

Le racisme anti-arabe, c'est plus tard, au lycée Bugeaud, que je devais le rencontrer. Là, la proportion était inversée.

Dans cet établissement de prestige, les Européens étaient largement majoritaires. Une proportion infime d'Arabes accédaient à l'enseignement secondaire, et encore moins obtenaient leur baccalauréat.

Après une enfance insouciante et heureuse dans le cocon du 7, rue du Lézard, l'école du Soudan constitue un atterrissage certes pénible, mais très significatif du profond malaise qui ravageait l'Algérie. C'est à ce moment-là qu'est née en moi une certitude : quoi qu'il arrive, je ne resterais pas là. Mon destin ne se trouvait pas de ce côté-ci de la Méditerranée, j'en étais certain, aidé par la conviction de mon père qui observait avec inquiétude l'évolution des « événements » comme l'on disait encore.

L'inconscience qui avait accompagné les premières années du conflit cédait la place à une atmosphère de plus en plus lourde. Les affrontements armés, d'abord présentés comme des faits divers criminels organisés par des individus sans scrupules, des « hors-la-loi », avaient maintenant gagné l'ensemble de l'Algérie.

Sur le port, les soldats débarquaient chaque jour plus nombreux à bord de leurs Jeep ou de leurs lourds véhicules blindés. Chaque jour, ils étaient de plus en plus présents dans nos rues. Quelque chose de grave se préparait : ce fut la bataille d'Alger. Les premières bombes éclatèrent le 26 janvier 1957 dans trois cafés du centre-ville : l'Otomatic, le Milk Bar et le Coq hardi. Elles devaient être suivies de plusieurs autres, aussi meurtrières, dont celle du casino de la Corniche, un dimanche après-midi, qui fit onze morts et plus de cent blessés. L'engin explosif avait été placé sous l'estrade de l'orchestre.

Le FLN démontrait sa puissance en venant provoquer la France jusqu'au cœur de son dispositif, dans une ville où l'on pensait que jamais le conflit militaire ne pourrait s'implanter.

L'après-midi qui suivit le terrible attentat du casino, une manifestation spontanée d'Européens s'organisa sur le front de mer.

Je n'oublierai jamais l'acte effroyable que la foule déchaînée, chauffée à blanc, commit ce jour-là. Sur la route, le destin voulut que le cortège croise une petite quatre chevaux transportant une famille d'Algériens. À la force des bras, la voiture fut soulevée de la chaussée, puis jetée du haut du promontoire. Elle s'écrasa sur les rochers, ne laissant aucun survivant. L'engrenage de la violence commençait...

Un peu plus tard, la Casbah changea totalement de visage. Chargés de rétablir l'ordre, les paras avaient décidé de boucler le périmètre de la vieille ville. Ils pratiquèrent à la manière des militaires, c'est-à-dire en fermant littéralement tous les accès. Les rues, dont la rue du Lézard, étaient condamnées par une muraille de barbelés. On ne pouvait plus entrer ni sortir qu'en empruntant des itinéraires étroitement surveillés par les zouaves ou les Sénégalais. Les hommes subissaient des fouilles systématiques, alors que les femmes qui portaient le voile blanc – le haïk – étaient soumises à la « poêle à frire », précurseur de nos détecteurs de métaux. Impossible, du quartier arabe, de rejoindre directement le secteur européen de la ville. Il fallait faire un détour par la rue Randon, dont l'un des trottoirs était réservé aux gens qui entraient dans la Casbah et l'autre à ceux qui en sortaient.

Fort de son expérience en Indochine, mon père eut très vite le pressentiment que l'affaire était perdue.

Un jour ou l'autre, et malgré les déclarations officielles, il faudrait plier bagage.

Dans la famille, ces prédictions rencontraient un très grand scepticisme et des haussements d'épaules. Alexandre faisait encore son original... La France, la grande France abandonnerait l'Algérie qui en était partie intégrante, comme l'Auvergne ou le Pas-de-Calais ?

Allons donc, inimaginable ! Il fallait être fou pour le supposer ! Nous étions là pour toujours. Bientôt, les « hors-la-loi » finiraient par être anéantis et tout reprendrait comme avant.

Les « hors-la-loi », justement, mon père les avait déjà affrontés en Indochine où le Viêt-minh n'avait pas encore arraché l'indépendance du Viêtnam du Nord. Pourtant nos troupes, là-bas, étaient nombreuses, professionnelles, bien équipées...

Sans qu'il le dise ouvertement, la comparaison hantait Alexandre. Il connaissait le terrible mécanisme de ces guerres coloniales gagnées sur le terrain, mais perdues dans les esprits. Au fond de lui-même, lui qui avait suivi avec enthousiasme le gouvernement bolchevique de Bela Kun s'émouvait au spectacle de ces fellaghas maigres et faméliques qui mouraient pour la liberté de leur terre.

Il décida subitement de se rendre en France, pour y dénicher un logement et un emploi dans le cas où nous devrions quitter l'Algérie.

Sans autre qualification que ses dix-neuf années de Légion, où pensait-il trouver à s'embaucher ? Rien ne pouvait inciter un employeur à lui signer un contrat. Il était incapable d'entrer dans une administration. Son seul métier avait été la guerre.

Difficilement, car nos ressources étaient maigres, il rassembla de quoi s'offrir un billet de pont pour la métropole. Puis, passant à l'acte, il s'embarqua un beau matin pour Marseille sous nos regards incrédules... Driffa n'en revenait pas.

« Son Alexandre » avait tant de fois évoqué un possible départ qu'elle n'y croyait pas. Et voici qu'il la laissait seule avec leurs cinq enfants...

Qu'espérait-il de l'autre côté de la mer ? Et surtout, reviendrait-il jamais ?

Il avait disparu en lui laissant trois sous, de quoi subsister un très court laps de temps. Tous les matins en se levant, elle voyait briller dans nos yeux la même interrogation : papa ? Et tous les matins, c'était la même comédie, l'obligation de calmer notre inquiétude d'un sourire : il allait revenir, oui, bientôt il serait là et tout recommencerait comme avant.

Mais Alexandre ne revenait pas. Téléphoner en France – ou même en Algérie – était en ce temps-là un exploit auquel la plupart du temps on préférait renoncer. L'« avis d'appel », sorte de rendez-vous téléphonique fixé à l'avance que l'on recevait au bureau de poste, était le seul moyen de joindre quelqu'un en cas d'urgence. Il fallait une raison impérieuse, comme un décès dans la famille pour l'utiliser. Le premier réflexe était le bon vieux télégramme.

À mesure que les semaines passaient, il ne manquait pas d'esprits malveillants, voisines, sœurs ou cousines, pour venir sussurer à l'oreille de Driffa que l'absence de son mari se prolongeait de manière anormale : finirait-il un jour par revenir ? Qui sait s'il n'allait pas refaire sa vie, très loin de nous... On avait déjà vu des hommes tout laisser tomber, métier, femme, enfants, pour rebâtir leur existence... Ma mère serrait les dents sans répondre. Mais chaque mot, chaque interrogation étaient pour elle une blessure. Car elle savait, elle, ce que les autres ne savaient pas. Elle connaissait le secret d'Alexandre...

Oh, pas un énorme secret, mais un de ceux qui vous accompagne au long de l'existence, comme le fer à la cheville du forçat, ne rappelant sa présence que si l'homme essaie de bouger... Dans une autre vie, là-bas, en Hongrie, mon père avait déjà été marié. Quand ? Où ? Comment ? Pourquoi avait-il quitté sa première femme ?

En tout cas, l'union n'avait jamais été dissoute, et c'est pourquoi il n'avait épousé Driffa que religieusement (en cachant soigneusement la vérité au rabbin).

Je n'en avais pas conscience à l'époque, et mes frères non plus, mais l'ombre de cette première femme a dû peser un certain poids sur le couple. Et dans ces semaines-là, elle fut peut-être plus présente que jamais. L'idée qu'Alexandre ait pu vouloir rejoindre l'autre femme a sûrement traversé l'esprit de ma mère.

On imagine l'angoisse qui la travaillait, qu'elle ne laissa cependant jamais paraître. Peut-être Pierrette, la cartomancienne, l'avait-elle rassurée ? Devant nous, elle ne craqua jamais.

Mes frères et moi, en revanche, nous partagions la même épouvante à l'idée que notre père ne reparaisse plus jamais chez nous. C'était devenu une habitude de monter sur la terrasse de l'immeuble. De là, nous avions une vue imprenable sur la mer. Chaque bateau qui approchait dans le mugissement de sa sirène nous faisait battre le cœur. Alexandre se trouvait-il à bord, cette fois ? Nous rapporterait-il des cadeaux ? Avait-il obtenu un travail en France ? Une maison ? Une heure plus tard, il fallait se rendre à l'évidence. Il n'était pas encore dans ce bateau... Nous redescendions un peu tristes dans l'appartement, où ma mère versait quelques larmes en écoutant à la radio une complainte judéo-arabe, Lili Abbassi, le grand Raymond, oncle d'Enrico Macias ou Lili Boniche. L'attente dura plus de deux mois...

Un matin, rentrant de l'école, je n'en crois pas mes oreilles : une voix familière résonne dans l'appartement !

Je cours dans l'escalier, jette mon cartable à la volée. Qui déjeune tranquillement à table, sous le regard perplexe de Driffa ? Papa ! Il était revenu quelques heures plus tôt de son expédition métropolitaine, au sujet de laquelle nous ne sûmes jamais rien. Tout juste déclara-t-il avec son accent rugueux : « Je n'ai rien trouvé. »

J'entends encore ces mots qui, mieux que les plus longs discours, résument l'histoire de mon père.

Il n'avait rien trouvé... Ainsi, fidèle à lui-même, encore une fois, Alexandre avait échoué. Au fond, le contraire nous aurait étonnés.

La vie reprit rapidement son cours, la famille fit comme si de rien n'était et à la prochaine grande réunion des oncles et des tantes, on aurait pu jurer qu'Alexandre n'avait jamais passé un jour si loin d'Alger. Son voyage fut purement et simplement oublié.

S'agissait-il vraiment d'un échec ? Je n'en suis plus si sûr. Car ce que mon père venait de réaliser, c'était ce que tellement de pieds-noirs, hormis les plus riches, n'osaient même pas imaginer : il avait traversé la mer !

À l'heure du jet et des voyages de masse, cette remarque paraît dérisoire. Depuis déjà longtemps, le mouvement maritime entre les deux rives était permanent. On n'était plus au temps de la marine à voile ! Mais pour les membres de la communauté française d'Algérie, il n'existait pas d'« ailleurs ». Leur vie et avant eux celle de leurs parents, de leurs grands-parents et arrière-grands-parents s'étaient toujours déroulées là. Ils vivaient sur l'une des plus belles terres au monde : quel intérêt à se rendre de l'autre côté de la planète ?

Il me revient en mémoire le dialogue d'une scène du *Grand pardon 2* à Miami entre Roger Hanin et mon fils Alexandre. À la question du petit-fils de Bettoun : *Grand-père, comment c'était l'Algérie ?*, Bettoun, l'œil brillant répond : *Dans la Bible, il est dit qu'Israël, c'est le pays où coule le lait et le miel et bien tu vois, l'Algérie d'avant, c'était pareil, en mieux.*

À leurs yeux, rien ne pouvait approcher, encore moins égaler, la beauté de leur Algérie natale.

Un tel état d'esprit explique en grande partie l'immense traumatisme des pieds-noirs forcés de tout abandonner en 1962. Aujourd'hui encore, la plupart de ceux qui ont vécu l'exode ne s'en sont pas remis.

Seule une minorité avait prévu ce malheureux dénouement. Alexandre en faisait partie, et il sut l'anticiper. Son voyage en apparence raté servit en fait de répétition à celui de décembre 1960, qui allait être définitif.

16

Il se produisit à peu près au milieu du conflit algérien un événement d'une importance considérable. On en rechercherait pourtant vainement les traces dans les livres d'histoire ou même dans la presse d'Alger de ces années-là.

En fait, l'événement fut surtout important pour nous. Il s'agissait d'un déménagement. Mais quel déménagement !...

Une vraie révolution, devrait-on dire, puisqu'on passait du deuxième au premier étage de notre immeuble, gagnant au passage – c'était là l'intérêt de l'opération – une chambre de plus. Je n'exagère pas en affirmant que nous avions l'impression d'entrer dans un palais. La promiscuité s'allégeait enfin. Nous disposions d'un petit supplément d'espace vital qui nous permettait d'être un peu moins les uns sur les autres.

Le déménagement, pour mineur qu'il puisse apparaître – un étage ! –, n'en nécessita pas moins une longue préparation en raison d'un important problème de logistique : comment bouger grand-mère Lisa ? Il fallait déplacer non seulement nos meubles, mais aussi et surtout Lisa. Une longue réflexion s'imposait.

Porter notre grand-mère, désormais quasi paralysée, était au-dessus de nos forces, même pour mon père, car elle atteignait les cent trente kilos... Quelqu'un finit par trouver la solution : c'est sur ses propres jambes qu'elle accomplirait les vingt mètres et descendrait l'étage qui nous séparait de notre nouvelle résidence.

Lisa marcherait, ce qu'elle n'avait plus fait depuis des mois ! Facile à dire.

La lever, l'habiller, la préparer, et surtout la convaincre de se remettre en position verticale demandait une somme d'énergie qui mobilisa plusieurs personnes.

Ce fut finalement appuyée à mon père et à Hadi, le mari de Pierrette, que Lisa se lança avec intrépidité dans la périlleuse descente de l'escalier.

Ce matin-là, tout l'immeuble s'était donné rendez-vous pour assister à l'exploit et l'encourager... L'escalier comptait une douzaine de marches qu'elle entreprit de négocier dans une progression chaotique, entrecoupée de plaintes, de longues haltes et d'exclamations diverses. Parfois, elle oscillait d'avant en arrière, au bord de perdre l'équilibre. Dans la cour, les gens lui criaient de tenir bon. Alexandre et Hadi étaient à peine suffisants pour la remettre d'aplomb et l'encourager à reprendre la descente.

Lisa finit par franchir tant bien que mal la porte de notre nouvel appartement, et on la dirigea avec ménagement vers la chambre qu'elle partagerait, comme d'habitude, avec nous. Ce jour-là, elle avait accompli ses derniers pas et elle ne se relèverait plus jamais de la couche où ma mère l'aida avec tendresse à s'allonger.

Le lit sur lequel elle s'affala, épuisée, devait peu de temps après devenir son lit de mort.

Pour l'instant, nous, les enfants, étions à la joie de disposer enfin d'un espace supplémentaire. Il ne faut pas oublier ces simples instants lorsque la vie vous a comblé.

Comment le miracle s'était-il accompli ?

Nous le devions à une transaction assez opaque, au terme de laquelle mon père devint subitement le gardien de l'immeuble. Arrangement « à la mode de Bab el-Oued » difficilement explicable aujourd'hui, mais qui là-bas ne suscitait pas le moindre étonnement. Le rôle n'avait d'ailleurs rien à voir avec la fonction de gardien telle qu'on la conçoit en France.

Les nouvelles activités de mon père ressemblaient plutôt à celles d'un agent de sécurité. Les péripéties de la lutte antiterroriste avaient fait de la Casbah un véritable champ de bataille. L'armée quadrillait les rues.

Un matin, le quartier se réveilla brutalement dans les hurlements et des grincements métalliques effrayants. Vite, à la fenêtre ! Spectacle incroyable ! À la grève générale des commerces décidée par le FLN et unanimement respectée, l'armée avait répliqué en introduisant des Jeep dans les ruelles de la Casbah. Les soldats sénégalais attachent des crochets aux rideaux baissés. Il n'y a plus qu'à donner un coup d'accélérateur : la Jeep arrache sans effort la façade métallique du magasin sous les yeux désespérés de son propriétaire. La grève n'a pas duré très longtemps, mais de telles actions aggravaient au fond le fossé entre les populations locales et la France. C'était sans doute l'objectif principal des combattants du FLN.

Chacun vivait dans la crainte des attentats et le 7, rue du Lézard se repliait progressivement sur lui-même.

Cet immeuble dans lequel jusqu'à présent tout le monde allait et venait à sa guise se transformait peu à peu en camp retranché, dont mon père surveillait désormais les accès.

À la nuit tombée, il allumait la lumière dans le hall et fermait la porte principale pour barrer le chemin à des individus mal intentionnés. Ses obligations s'arrêtaient là. En échange, on bénéficiait d'un appartement non seulement plus grand, mais gratuit. Cet arrangement peu contraignant autorisa quelques économies, grâce auxquelles mon père put faire une extraordinaire acquisition.

Posséder un téléviseur dans ces années-là en Algérie vous classait d'emblée dans une sorte de club extrêmement restreint. Même en France, il n'était pas encore très courant de se réunir le soir autour du petit écran noir et blanc. Encore moins de l'autre côté de la Méditerranée, où les rares récepteurs se concentraient dans deux agglomérations, Alger et Oran. Pourtant, mon père n'hésita pas une seconde devant cette dépense importante. Comment ne pas l'en remercier, même si sur le moment l'achat suscita dans le voisinage quelques commentaires jaloux ?

Bizarrement, nous avions été précédés par un concurrent des plus inattendus, puisqu'il s'agissait de Mémé d'en haut. Elle eut son poste bien avant tout le monde. Une précision : le son ne fonctionnait pas. D'après Mémé d'en haut, il lui avait été livré en l'état et il n'y avait rien à faire. Tout le monde plaignait la pauvre vieille de s'être fait rouler.

Bien plus tard, j'ai changé d'avis : au fond, Mémé d'en haut était peut-être la plus maligne de nous tous.

Cette télé qui ne marchait pas lui garantissait de n'être pas envahie à longueur de journée, car rue du Lézard on ne se gênait pas pour pousser la porte du voisin et s'installer chez lui. La télé « muette », elle l'avait peut-être inventée exprès...

Comme pour tant d'autres, la télévision, cette « étrange lucarne » comme on disait alors, joua pour nous le rôle d'une fenêtre brutalement ouverte sur le monde.

Nous découvrîmes d'abord les variétés : Johnny Hallyday, si jeune alors, interviewé par Denise Glaser pour « Discorama ». J'ai retrouvé Johnny bien longtemps après pour la musique de l'un de mes films, et je n'ai pu m'empêcher de lui raconter comment je l'avais découvert pour la première fois.

À Alger, dès cette époque, on diffusait aussi des émissions de music-hall, en particulier le célèbre « 6-4-2 », production locale animée par Jacques Bedos, l'oncle de Guy. C'était pour nous l'équivalent du « 36 Chandelles » métropolitain.

Pour les grands événements politiques, par exemple les conférences de presse du général de Gaulle, la retransmission se faisait en direct de Paris vers Alger. Grâce à un hélicoptère en position stationnaire au-dessus de la ville – et qui faisait un bruit infernal –, les faisceaux pouvaient être ainsi relayés pour les téléspectateurs algérois.

Subitement, tel un vertigineux tourbillon, c'est la planète qui s'engouffrait dans notre petit logis. Il existait un autre monde, et quel monde, en dehors de l'Algérie !

Un monde où ne régnaient pas obligatoirement guerre, attentats, opérations militaires, notre quotidien depuis trop longtemps.

Grâce à la télé, on découvrait que ce petit univers colonial, avec son racisme latent, ses castes, ses stratifications représentait un ordre disparu, ou en tout cas remis en cause à travers la planète.

À Washington même, comme nous en informait Jacques Sallebert, le correspondant de la RTF, un jeune sénateur du nom de John Kennedy estimait que la France devait donner son indépendance à l'Algérie. L'indépendance, mot tabou ! La principale revendication du FLN nous avait toujours paru extravagante, relevant de la science-fiction, et voilà que les Américains eux-mêmes en parlaient comme d'une évidence ! Sans la télévision, comment aurions-nous pu nous douter qu'ailleurs le tournant était amorcé dans les esprits ? Que pour certains, une Algérie sans les Français, devenait de plus en plus envisageable ? Qu'un jour ou l'autre, nous aurions accumulé un tel retard que faire marche arrière ne serait plus possible. Car le processus enclenché irait jusqu'à son terme logique : l'exil. C'est probablement là que mon père a pris sa vraie décision. L'envie de quitter l'Algérie qui l'avait déjà poussé à se rendre une première fois en France afin de préparer un nouvel avenir pour nous devint son seul objectif.

La marée de la guerre ne cessait de monter, nous rendant la vie de plus en plus difficile. Depuis 1954, début des événements, nos conditions d'existence se dégradaient et maintenant dépendaient totalement du conflit.

Couvre-feu, patrouilles, sentinelles en armes devant mon école, barbelés, chevaux de frise, alignements de suspects contre le mur, des séries de mesures s'étaient mises en place au long des mois et des années.

La bataille d'Alger, même remportée par les paras, avait surtout confirmé l'avancée du FLN. Nos nuits étaient déchirées par de longues rafales, des hurlements rauques, des cavalcades autour de l'immeuble.

Une image récurrente s'impose régulièrement à moi comme un cauchemar. Tandis qu'à la télé le film *Le*

Voleur de Bagdad est sur le point de se terminer, on entend crier dans la rue : ce sont des militaires qui font les sommations d'usage. Soudain, retentit le tac-tac-tac rageur d'un pistolet-mitrailleur. Nous regardons prudemment au-dehors : un homme est allongé sous nos fenêtres. Un filet de sang coule jusqu'au caniveau. Terroriste ? Simple passant arabe surpris par le couvre-feu ? On ne le saura jamais. La patrouille enlève le cadavre. Le silence revient sur la Casbah. Le lendemain – et c'est cette image qui continue de me hanter –, à l'emplacement exact où l'homme fut abattu, quelqu'un a déposé une paire de chaussures. Une pauvre paire de « godasses » déformées qui à elles seules semblent raconter muettement l'histoire d'une vie, peut-être celle de l'homme que les balles ont jeté sur le pavé...

Cette vision, à la fois incongrue et étrange, me plongea dans une telle terreur nocturne que, dans un geste de tendresse exceptionnelle, mon père vint s'allonger à côté de moi jusqu'à ce que je m'endorme.

C'était cela la guerre d'Algérie pour qui vivait en ville : un jeu constant du chat et de la souris avec la mort. L'épicerie d'où vous sortez comme tous les jours après les courses est ravagée une demi-heure plus tard par l'explosion d'une grenade.

Vous traversez la place du Gouvernement pour vous rendre aux bains Padovani, quand une rafale très près vous jette à terre : qui a tiré, et sur qui ? Là encore, on ne le saura jamais. Tout le monde se redresse en riant nerveusement et reprend son chemin : la vie continue...

Et puis, il faut subir les fouilles, incessantes, épuisantes. Bras levés à l'entrée de la poste, du cinéma, des grands magasins, du bus, du stade. Une fois en France, j'ai gardé pendant plusieurs semaines les vieux réflexes d'Alger. Je levais systématiquement les bras en arrivant dans un lieu public, ce qui me valait des regards étonnés.

La guerre est perçue de manière différente selon que l'on est un enfant ou un adulte. Le 13 mai 1958, généralement présenté comme un grand moment de fraternisation entre pieds-noirs et Arabes, je l'ai considéré sous un angle qui ne concorde guère avec la vérité historique (ou supposée telle).

Alors âgé de neuf ans, je me suis retrouvé pris dans un mouvement de foule qui m'entraîna jusqu'au fameux Forum d'Alger, cette immense esplanade qui s'étend au pied du Gouvernement général. À cet endroit, sur le plateau des Glières, le destin de l'Algérie française se joua à plusieurs reprises.

Ce que j'ai vu du 13 mai du haut de ma petite taille, ce sont surtout des jambes, une forêt de jambes. En revanche, c'est certain, le groupe d'Algériens auquel j'avais été involontairement intégré était loin de se trouver là de son plein gré. Sans violences, mais fermement, les soldats les avaient « guidés » jusqu'au rassemblement.

Figuration à bon marché qui prit docilement sa place sous de grandes banderoles réclamant à la fois le retour au pouvoir du général de Gaulle et l'attachement à l'Algérie française.

17

La télévision nous donna par rapport aux événements un recul que l'ensemble de la population algéroise n'avait pas. D'un autre côté, elle nous apportait des connaissances sur notre patrie, la France, à travers son histoire et ses paysages. Je regardais avidement films, documentaires et reportages, intéressé et attiré par cette terre qui nous attendait, de l'autre côté de la mer.

Tous les soirs, à 20 h 30, le monde entrait chez nous. Assis autour de la table, nous étions rivés devant la petite image en noir et blanc...

À l'extérieur, au même instant, les locataires se mettaient à râler et à protester : une fois de plus, le hall était dans le noir. Pour d'étranges raisons d'alimentation générale, le système électrique de l'immeuble interdisait en effet que notre télévision fonctionne si la minuterie des escaliers était allumée. Pour mon père, pourtant gardien des lieux, le choix était fait : la télé d'abord, tant pis pour l'éclairage. Les locataires n'avaient plus qu'à se débrouiller pour regagner leurs foyers en tâtonnant dans l'obscurité...

Le dimanche soir, les programmes de télévision se consacraient comme aujourd'hui aux films de cinéma. Nous étions trop jeunes pour veiller et mon père avait des principes. Ma mère beaucoup moins... Complice, elle m'ouvrait en cachette la porte-fenêtre de sa chambre pour me permettre de ramper jusque sous la table de la salle à manger. Je regardais le petit écran, accroupi, pas loin des jambes d'Alexandre qui feignait de ne pas me voir.

Un soir, au milieu de la diffusion du film, une speakerine apparut pour annoncer qu'en raison des événements graves qui se déroulaient à Alger, les écoles seraient fermées jusqu'à nouvel ordre. Il s'agissait des fameuses « barricades [1] ». Mon père, en souriant, souleva la toile cirée pour me tirer de ma cachette : « Allez ! Sors de là ! Tu verras mieux. Mais attention, hein, il n'y aura pas de barricades tous les jours... »

La télévision avait un autre avantage, constaté dans bien d'autres foyers : elle assurait la paix du ménage. Car certains jours, au 7, rue du Lézard, l'ambiance était plutôt tendue. La jalousie de mon père ne diminuait pas, bien au contraire.

Il y avait eu l'épisode Gilbert, ce malheureux et tendre cousin que nous avions hébergé quelques semaines, mais d'autres suivirent. Alexandre était un jaloux maladif, à qui un rien suffisait pour déclencher une crise majeure. Sans cesse sur le qui-vive, il soupçonnait les hommes, *tous* les hommes, de n'avoir qu'un seul but dans l'existence : séduire ma mère. De plus, il était convaincu que Driffa envoyait toutes

1. En 1960, les Algérois prirent conscience de l'évolution du discours officiel et après le rappel du général Massu, un soulèvement populaire aboutit à la « semaine des barricades » en plein centre d'Alger.

sortes de signaux à la gent masculine pour signifier sa disponibilité.

Les scènes commençaient généralement par une accusation absurde : « Tout à l'heure au marché, quand le marchand de légumes t'a rendu la monnaie, tu crois que j'ai pas vu son manège ? » Stupéfaite, ma mère tentait de se défendre contre cette accusation surréaliste ! Car bien sûr, elle n'avait jamais, en quoi que ce soit, tenté de séduire d'autres hommes.

Elle ignora toujours l'usage du maquillage et plus encore la fréquentation du coiffeur. Elle était honnête autant qu'on peut l'être. Mais Alexandre ne lâchait pas prise et la poursuivait de ses soupçons farfelus. Le ton montait rapidement.

Mes frères et moi, pendant ce temps, gardions les yeux baissés sur la toile cirée, non par crainte, mais pour surveiller la salière. Par superstition, ma mère pensait que le sel répandu sur la table portait malheur et annonçait des disputes. Nous guettions donc dans l'angoisse : pourvu que la salière ne se renverse pas...

Les disputes atteignaient parfois un tel degré de violence qu'un jour ma mère, en larmes, courut s'enfermer à clé dans la cuisine. On songea immédiatement au pire : elle voulait peut-être se suicider ? Elle avait ouvert le gaz, elle s'apprêtait à se trancher les veines avec un couteau... L'imagination méridionale donnait libre cours à sa démesure.

Les voisins, la famille s'agglutinèrent sans tarder devant la porte, suppliant Driffa de ne pas faire de bêtise. Dans un coin, mon père pas très fier n'en menait pas large sous les regards féminins qui pesaient sur lui.

Le tragi-comique atteint son comble. Les cris et les hurlements ajoutent encore à la tension générale.

Dans la cour se pressent les spectateurs attentifs : tailleurs mozabites, boulanger espagnol, chacun dans sa langue y va de son conseil.

Au fond de l'appartement, clouée sur son lit, ma grand-mère essaie de se faire entendre en lançant d'une voix rauque des appels en arabe. Rien n'y fait : la porte reste fermée.

Finalement, quelqu'un prend une décision. On va se hisser jusqu'au vitrage supérieur de la porte, le briser et voir ce qui se passe dans la cuisine. Aussitôt dit, aussitôt fait. Le volontaire grimpe sur des épaules et casse le carreau d'un coup de coude. Au même instant, ma mère ouvre la porte, l'air ébahi : « Mais enfin, qu'est-ce qu'il vous prend de vous mettre dans ces états ? Je voulais être un peu seule, c'est interdit ? » Je ne me souviens plus si tout avait fini dans un éclat de rire, mais c'est fort probable.

Après le déménagement au premier et la sage décision d'Alexandre de réduire sa consommation d'alcool, les crises de jalousie de mon père s'espacèrent de plus en plus. Il faut dire que Driffa avait trouvé la parade la plus efficace. Après avoir tenté pendant longtemps de réfuter ses accusations, elle avait soudain choisi la riposte la plus fulgurante, l'arme nucléaire totale : la désertion pure et simple du domicile conjugal.

À peine mon père lançait-il son premier missile (« Il y a un homme qui t'a suivie, et tu t'es retournée ! ») qu'elle se levait, saisissait son sac et quittait immédiatement la maison, sans un regard, laissant derrière elle époux et enfants. Et ce n'était pas un faux départ.

C'est à Maison-Carrée qu'elle s'exilait le plus souvent. Maison-Carrée, le lieu de résidence de tante

Yvonne qui ouvrait sa porte sans le moindre commentaire. Driffa était partie de chez elle, et ce n'est pas Yvonne ou Charlot qui l'embêteraient avec des questions.

Depuis le temps, on savait bien qu'Alexandre n'était pas un homme facile à vivre. Il avait ses qualités, mais aussi ses grands, ses très grands défauts. On comprenait parfaitement que sa femme éprouve de temps à autre le désir de s'aérer.

Quoique d'une grande justesse, le raisonnement nous paraissait plutôt difficile à digérer. Tout ce que mon père avait gagné avec le départ de sa femme était d'avoir à s'occuper tout seul de ses enfants. À lui de nous réveiller tous les cinq, de nous faire le petit déjeuner, de nous habiller, puis nous accompagner à l'école. À midi, il fallait préparer notre déjeuner et recommencer le soir. De surcroît, il devait encore caser ses immenses tournées à pied à travers tout Alger. Je n'ai même pas parlé de ma grand-mère qui, clouée au lit, ne manquait pas un repas et nécessitait des soins constants... C'est pourquoi, de mémoire de mes quatre frères et de la mienne, nous n'avons jamais vu Alexandre tenir plus de 48 heures avant de déposer les armes. À un moment ou à un autre, ravalant toute fierté, il finissait par prendre à son tour la direction de Maison-Carrée. Comment se passaient les retrouvailles entre les deux époux, je l'ignore.

Mais je pense que Driffa ne se faisait pas prier pour regagner son foyer. Consciente que la famille l'observait, elle savourait, avec l'arrivée d'Alexandre chez tata Yvonne, sa victoire totale.

Bizarrement, ces fugues de ma mère sont intimement liées à ma passion pour le cinéma, comme on aura l'occasion de le voir.

18

Alger, c'était la ville du cinéma. Sur l'ensemble du territoire algérien, on dénombrait alors près de cinq cents salles ! On disait qu'à Alger même on comptait autant de salles qu'à Paris. Exagération, certes, mais non sans fondement. Le Marivaux, le Marignan avenue Durando, le Trianon avenue de la Bouzaréah, le Monumental Majestic, les Variétés rue Eugène-Robe, entre le marché Nelson et le square Guillemin, le Paris, le Plaza avenue Général-Verneau, le Triomphe, le Colisée, ce ne sont là que quelques-uns de ces lieux mythiques. Sans oublier bien sûr le Rialto, boulevard de Champagne, entre la rue Camille-Douls et la rue François-Serrano... À la fin des années 50, Bab el-Oued à lui seul comptait une bonne dizaine de salles.

À cette époque, le cinéma représentait quelque chose de magique et de fabuleux. On s'y rendait le plus souvent le samedi soir en famille, ou le dimanche après-midi, dans ce cas uniquement l'hiver car la concurrence des plages était trop forte.

La séance du samedi était un véritable cérémonial. On n'entrait pas comme ça dans les salles. Il fallait se présenter une demi-heure avant, afin de réserver les billets et d'indiquer sur le plan de la salle la place où l'on désirait s'asseoir, pointée au crayon rouge ou bleu. On avait droit à un avant-film, parfois à des séries filmées américaines, genre *Zorro contre la Pieuvre*.

Puis venait la publicité, annoncée par le petit groom noir d'« Afrique Films » avec ses yeux qui roulaient comme des billes, aussi célèbre en Algérie que plus tard le petit mineur de « Jean Mineur Publicité ». Enfin, le grand film arrivait...

Même la menace des grenades et des bombes n'aurait pu dissuader les Algérois de courir voir leurs acteurs préférés. C'est d'ailleurs toujours le cas dans l'Algérie d'aujourd'hui, mais les salles de mon enfance ont presque toutes disparu. Ou bien, dans un état lamentable, elles se sont vues transformées en salles vidéo. Un public jeune et nombreux s'y presse, mais c'est pour s'abrutir devant des cassettes de karaté. Pourtant, lorsque l'occasion est donnée d'assister à de vraies projections, quel enthousiasme devant le grand écran ! J'ai pu le mesurer il y a trois ans lorsque avec l'aide des plus hautes autorités algériennes, j'ai organisé le premier festival du Film français à Alger, avec la complicité du regretté Daniel Toscan du Plantier qui présidait Unifrance Films.

Pour cela, trois ingrédients s'imposent : un lieu magique, le théâtre de Verdure, vaste écrin à ciel ouvert; un décor nocturne somptueux; enfin, et surtout, un public magnifique d'élan et de générosité, le public d'Alger. Les six films programmés ont attiré plus de cinquante mille spectateurs. Ce n'était plus une envie de cinéma, mais une véritable fringale. La preuve que le septième art a toute sa place en Algérie.

J'ai assisté assez jeune à ma première séance de cinéma. Notre voisine Josette, la fille de Pierrette, cédant à mes supplications, avait convaincu mes parents de me laisser l'accompagner au ciné-club.

Josette avait d'ordinaire une influence assez bénéfique. Non seulement grâce à elle j'ai découvert le cinéma, mais j'ai aussi accédé au vedettariat en participant sur son conseil et en gagnant un concours radiophonique à Radio-Alger... Une émission enfantine du jeudi après-midi ayant lancé le concours de la plus belle invention, l'idée m'était venue, avec l'aide de Josette, de proposer la découverte du siècle : le « buvard magique ». On écrivait encore à l'encre (avec la fameuse plume sergent-major) et je rêvais d'un buvard qui, tout en absorbant l'encre, effacerait du même coup les fautes d'orthographe ! Le premier prix me fut attribué sans hésitations par le jury. Et je fus donc invité à recevoir mon cadeau en direct sur les ondes et à chanter l'un des tubes de l'époque : *Davy Crockett...*

Je m'étais rendu au studio rue Hoche, équipé de pied en cap comme le trappeur américain, avec sur la tête la célèbre imitation du « raton-laveur »... Sans oublier la chemise « Davy Crockett » en vente au Monoprix – une dépense exceptionnelle, justifiée par l'événement. Devant un public nombreux, j'avais interprété ma chanson, juché sur le podium face à un énorme micro. Ma mère en avait été ravie, car la nouvelle avait évidemment fait le tour du 7, rue du Lézard : « Alors, votre petit, il va passer à la radio ? » Elle fut un peu moins ravie de mon acharnement à porter ma chemise.

Dans ma tête d'enfant, je ne voyais aucune raison de me séparer d'un vêtement qui m'avait apporté la célébrité. Cette chemise avait à mes yeux un pouvoir « magique ».

Mais Driffa conservait toujours de solides réticences à propos du cinéma.

Si elle aimait elle-même voir des films, en ce qui concernait les enfants elle subissait l'influence d'une voisine qui habitait de l'autre côté de la rue. De fenêtre à fenêtre, cet oiseau de mauvais augure lui serinait : « Ma fille, le cinéma c'est pas bon pour eux. Ça leur fait mal aux yeux, ça leur donne des mauvaises idées, et en plus ils attrapent des poux ! » J'entends encore la voix aiguë de cette femme que j'aurais volontiers étranglée ! Devant ce tableau épouvantable, ma pauvre mère, évidemment, ne pouvait que reculer...

Il avait fallu tout le talent de Josette pour la convaincre et le grand jour finit tout de même par arriver. J'avais si peur de rater la séance que, la nuit précédente, j'ai à peine fermé l'œil. Je me méfiais des ruses des adultes qui m'avaient déjà roulé à plusieurs reprises. Il ne manquerait plus que je me réveille pour apprendre que Josette était déjà partie ! À cinq heures du matin, j'étais assis sur mon lit, lavé et habillé.

La projection organisée par un ciné-club avait lieu un jeudi matin dans la salle de l'Olympia, située en face de l'hôtel du Commerce près de la rue d'Isly. Je n'avais que six ans et Josette déjà quinze, mais je marchais à ses côtés d'un air terriblement sérieux. J'allais au cinéma, c'était la première fois et ce n'était pas rien.

Pour la circonstance, j'avais revêtu mes habits du dimanche, car aucun événement n'égalait l'importance de ce moment, sauf peut-être ma bar-mitzvah...

Toute ma joie disparut d'un coup : la responsable du ciné-club qui, après un bref regard sur moi, prétendit que le film comportait des scènes d'action beaucoup trop violentes. Refoulé aux portes mêmes du paradis ! Une scoumoune pareille, ça ne s'inventait pas !

Une longue négociation s'engagea entre Josette, qui ne voulait pas revenir chez elle, et la responsable. Finalement, l'insistance de ma bienfaitrice finit par l'emporter. Peut-être aussi la dame qui veillait à l'entrée avait-elle compris qu'il était ridicule de m'interdire de voir un film dont l'héroïne avait, à peu de chose près, mon âge. Il s'agissait de Brigitte Fossey et du film *Jeux interdits*... Je pénétrai le cœur battant dans la salle. J'en ressortis empli d'une exaltation et d'un émerveillement qui ne devaient plus jamais me quitter.

À partir de cet instant, ma volonté ne fut plus tendue que vers un but et un seul : renouveler l'expérience. Mais ce projet nécessitait des ressources que j'étais loin de posséder.

Avec quelques copains, nous avions inventé le « cinéma des pauvres ». Lorsque nos poches étaient trop vides pour nous payer la place, chacun sortait sa dernière pièce de monnaie. En nous cotisant, nous arrivions à réunir le prix d'un seul ticket. Un tirage au sort sur le trottoir désignait l'heureux bénéficiaire qui aurait le privilège de voir le film.

Il lui incombait en échange de nous raconter dans le moindre détail toute l'histoire... Il était en quelque sorte nos yeux à tous. La charge avait de quoi susciter une vraie vocation de réalisateur, ou au minimum de scénariste, car pour épater les copains il nous arrivait de broder et de nous laisser emporter loin de l'œuvre originale...

Le cinéma des pauvres, c'était la solution la plus désespérée. Le dénuement dans lequel nous nous trouvions m'interdisait de réclamer à mes parents une dépense qui leur paraissait de toute manière inutile et même frivole. Il y avait tant d'autres priorités. Ma mère avait la parade : « T'as qu'à gagner ton cinéma, si tu l'aimes tant... »

Justement, un employeur potentiel ne demandait qu'à nous ouvrir les portes de sa « fabrique ». Bien grand mot pour ce hangar délabré, situé au fond de l'oued M'Kacel sur les hauteurs d'Alger, à Frais-Vallon.

La fabrique de bougies de tonton Jacob, combien de jeudis et de samedis après-midi j'y ai passés à travailler pour une poignée de pièces... Dans ce pauvre bâtiment de briques, tonton Jacob élaborait une série de produits plus insolites les uns que les autres sous la marque « Saint-Louis ». Le clou de sa production hétéroclite était constitué par le « d'jeoui » (poudre d'encens) qu'il allait ensuite écouler avec mon père dans les douars tout proches d'Alger.

Jacob était un perfectionniste. Convaincu qu'un produit doit évoluer pour survivre. Il avait donc inventé le « d'jeoui à paillettes »...

La poudre était mélangée à de fines particules argentées du plus bel effet, qui la faisaient chatoyer dans la lumière grâce à un procédé industriel certes un peu primitif, voire grossier, mais d'une totale efficacité aux yeux des marchands. Le seul problème, c'est qu'il nécessitait d'étranges matériaux...

Jacob passait donc ses journées au volant de sa Juvaquatre, rôdant dans Alger à la recherche de vieux lavabos ou même de vieilles cuvettes de cabinet. Chaque fois qu'il en repérait une, d'un violent coup de frein il arrêtait sa voiture et se précipitait pour récupérer le précieux objet sous les yeux surpris des passants. Il embarquait tout ce qui traînait, puis regagnait à fond de train son hangar de Frais-Vallon.

Les lavabos et les cuvettes étaient déversés pêle-mêle dans une sorte d'énorme concasseur affreusement bruyant, qui tournait sur lui-même dans un vacarme d'enfer. Tout ce que l'on jetait là-dedans ressortait broyé, littéralement réduit en poussière. Une poussière blanche et brillante qu'il ne restait plus qu'à mélanger au « d'jeoui » pour obtenir un produit d'apparence beaucoup plus séduisante, le fameux d'jeoui à paillettes... Tout le secret de Jacob était là : séduire le consommateur.

Jacob pratiquait tranquillement l'exploitation de la famille par la famille : neveux, cousins, oncles ou relations, tout le monde était bon à employer au moment des fêtes, quand la demande était la plus forte.

Avec son petit liseré doré, la bougie décorée de tonton Jacob remportait le plus vif succès auprès des populations juives et arabes. Je n'entrerai pas ici dans le secret d'une fabrication exclusive qui nécessitait de nombreux passages dans des bains de paraffine. Mes doigts en gardent encore le brûlant souvenir. Progressivement, je devins le champion toutes catégories, au moins dans le cercle familial, de l'élaboration du produit-vedette. Aujourd'hui encore, lorsque je revois ces bougies à la vente dans les magasins de Belleville ou de la rue des Rosiers, ma mémoire fait un bond en arrière.

Ces après-midi à la fabrique étaient pour mes frères et moi de vrais moments de récréation. La personnalité bonhomme de Jacob, son « laboratoire » primitif constituaient un univers irrésistible et ludique.

En dehors des bougies décorées, Jacob conditionnait et distribuait également des boîtes de bicarbonate de soude et du talc pour bébés, d'origine incertaine. Cet homme qui se battait seul, avec toute l'ingéniosité dont il était capable, ne s'en sortait pas si mal. Qui sait si dans d'autres circonstances et sur une autre terre il n'aurait pas eu l'étoffe d'un grand entrepreneur ?

Certes, la main-d'œuvre était peu exigeante, et Jacob n'avait pas à redouter les revendications syndicales. Mes frères se contentaient de quelques bonbons. Quant à moi, mon bonheur était total lorsque ma paye me permettait de m'offrir l'un des fabuleux westerns qui ont jalonné mon enfance, et celle de tant de garçons de ma génération.

L'autre moyen de « me gagner mon cinéma » paraîtra peut-être des plus singuliers, mais j'étais prêt à tout pour accéder aux salles obscures.

Une partie des programmes de la télévision algéroise était conçue spécialement pour les populations musulmanes (dont on ne voit pas très bien comment elles auraient pu se payer un récepteur largement hors de prix, mais passons...). C'est ainsi que j'acquis très vite une grande culture des films égyptiens, diffusés tous les lundis soir. Je connaissais Farid el-Attrach presque aussi bien que les acteurs français. Je devins un grand fan d'Oum Kalsoum, passion qui ne s'est jamais démentie.

La télévision diffusait aussi des programmes d'instruction ménagère destinés aux femmes algériennes. Il s'agissait de les former aux travaux domestiques « à l'européenne ».

La mode étant à l'intégration, on désirait qu'elles deviennent de bonnes maîtresses de maison dans le goût des années 60. Les après-midi étaient consacrés à de longues émissions dédiées aux conseils d'hygiène pour la maison. Des animatrices de travaux domestiques faisaient des démonstrations en direct.

Je ne sais pourquoi mais j'ai été tout de suite interpellé et passionné par le repassage... Je n'ai aucune explication à fournir, sinon que quelque chose fascinait l'enfant que j'étais dans la façon de lisser le tissu, de l'humecter légèrement et de faire d'un article chiffonné une pièce tout à fait présentable. Bref, dans la mesure du possible, je ne ratais pas une émission de l'après-midi.

J'étudiais soigneusement la manière de repasser chemises et pantalons en respectant ici les manchettes, là les revers. Au bout de quelque temps, j'avais parfaitement assimilé les mouvements souples du poignet, la façon de ménager les plis, d'appliquer la pattemouille, etc. Bientôt, je me sentis assez fort pour passer à la phase suivante...

La première fois que je proposai à ma mère de la soulager de son repassage, elle ne put s'empêcher de sourire, un peu attendrie. Quelques minutes plus tard, ce sourire s'était effacé pour céder la place à une expression de pur étonnement. C'est encore le cas aujourd'hui lorsque je m'amuse à faire une démonstration, fer en main. Ma mère ne pouvait que s'incliner devant l'évidence : j'étais devenu un maître dans l'art du repassage ! Non seulement mes plis étaient rectilignes, mais je prenais bien soin de vérifier la température de la semelle en l'approchant de ma joue, comme je l'avais vu faire à la télé.

Mes talents ne s'arrêtaient pas là.

La télévision m'avait aussi appris à coudre, ce qui pour un garçon, surtout « de chez nous », est une spécialité rarissime. Un bouton en moins à ma veste au moment de partir pour une grande soirée ? Je n'en fais pas une histoire et je le recouds tranquillement sans avoir à attendre désespérément une aide féminine... Je bénéficie en quelque sorte d'une autonomie que très peu d'hommes partagent avec moi. Grâce à la télévision d'Alger !

On devine la suite : puisque mes « talents » étaient reconnus et surtout appréciés, il ne me restait plus qu'à en tirer profit. Je monnayais des corbeilles entières de linge à repasser contre l'argent du cinéma. Le marché était avantageux pour moi, et surtout pour ma mère que je déchargeais d'une lourde corvée domestique. Je m'attelais toujours avec plaisir à ma corbeille de linge, car je savais qu'au bout m'attendait un fauteuil dans une salle de la rue Michelet.

À moi donc les cinés permanents !

L'absentéisme dans les écoles atteignait de tels sommets que l'académie d'Alger avait imposé une mesure aujourd'hui incroyable : tout jeune d'âge scolaire qui se présentait l'après-midi devant le guichet d'un cinéma devait montrer son cahier de textes au directeur de la salle, pour prouver qu'il ne faisait pas l'école buissonnière... Mesure aussitôt contournée, naturellement : on préparait deux cahiers de textes, le vrai, et un faux avec de grandes plages de loisir.

Ma décision de devenir réalisateur relève d'une lente maturation. Mais ce dont je suis sûr, c'est que l'amour du cinéma m'est venu au cours de ces après-midi que je volais à la guerre et à la mort qui rôdaient en ville.

Peut-être le plaisir de palpiter devant de belles histoires, nous faisait oublier l'idée d'un possible jet de grenade ou de l'explosion d'un engin dissimulé sous un des sièges de la salle ?

Le retour à la réalité n'était pas facile dans cet Alger où le FLN faisait de plus en plus sentir sa pression. L'extrémisme européen commençait à son tour à prendre naissance.

Dans quelques mois, l'OAS allait faire parler d'elle, entraînant par désespoir dans son sillage un membre de ma famille.

Paradoxalement, et toujours sous l'influence de sa voisine d'en face, ma mère demeurait aussi réticente à me voir aller au cinéma, ce qui me compliquait singulièrement la vie. Certes, la corvée de repassage me permettait des séances plus fréquentes, mais rien n'était acquis. Une interdiction pouvait toujours tomber subitement. Ma mère ne relâchait sa garde qu'en de rares occasions, les vacances à Ben Aknoun par exemple. Géré par la municipalité, le centre aéré dont j'ai déjà parlé n'était ouvert qu'aux familles à revenus modestes.

Aujourd'hui presque totalement absorbé par la ville, le quartier se situait alors dans la proche périphérie. Disséminés sous la pinède, de rustiques bungalows abritaient femmes et enfants. À vol d'oiseau, nous étions à moins de cinq kilomètres de la rue du Lézard, mais des années-lumière semblaient nous en séparer. Les séjours y duraient environ deux semaines.

Si ma mère fut quelquefois vraiment heureuse, ce fut à Ben Aknoun. Libérée de toute tâche domestique, notamment de la cuisine, elle pouvait rêvasser sur son lit pendant que nous participions aux activités organisées par les moniteurs.

Et le soir, suprême récompense, se déroulait la séance de cinéma en plein air. Qui n'a jamais goûté le plaisir de regarder un film sans autre plafond au-dessus de la tête que des milliers d'étoiles, n'imagine pas la douceur de ces instants. Ils marquent à jamais ma mémoire comme des moments familiaux exceptionnels et d'autant plus précieux. Driffa était tout à nous, loin d'Alexandre resté comme d'habitude à la maison avec Lisa. Plus exceptionnel encore, ce n'est pas une dispute ou une scène de jalousie qui les avait séparés.

Mes souvenirs de Ben Aknoun sont imprégnés de l'odeur de la citronnelle dont nous étions badigeonnés contre les assauts virulents des moustiques. Vers la fin du film, quand la fraîcheur commençait à descendre des grands eucalyptus, on se blottissait sous des couvertures au toucher rêche. C'est pour retrouver ce plaisir d'un cinéma en harmonie avec la nature que m'est venue l'idée du festival du Film d'Alger. En me donnant les autorisations nécessaires, le gouvernement algérien ne se doutait pas que je partais à la recherche de mes souvenirs d'enfance...

Je dois maintenant avouer l'inavouable. Puisque les années ont passé, je puis parler en toute franchise. Si je suivais au début, avec angoisse, les affrontements entre mon père et ma mère, il n'en fut pas toujours ainsi. Mon opinion se transforma radicalement un après-midi où Driffa quitta brusquement, une fois de plus, le domicile conjugal.

Ce jour-là, elle ne mit pas comme à l'accoutumée le cap sur Maison-Carrée. Me traînant dans son sillage, elle se dirigea résolument vers une salle de cinéma, le Colisée, qui se trouvait en face du grand hôtel Aletti.

J'étais stupéfait, mais je le fus davantage lorsque je la vis acheter deux tickets et me pousser dans la salle. Avait-elle perdu la tête ? Inutile de préciser que je ne me fis pas prier ... Trois heures plus tard, la crise dissipée, nous étions de retour à la maison.

Du coup, j'observais la salière sans la moindre crainte. Au contraire, j'espérais qu'elle se renverserait et qu'une nouvelle querelle se déclencherait... Ce fut le cas à plusieurs reprises. Chaque fois, j'avais droit à ma séance de cinéma.

Jamais ma mère ne m'expliqua pourquoi sa tactique avait changé de manière aussi radicale. Quant à moi, trop content, je la suivais sans un mot.

Aujourd'hui encore, certains films tels que *Babette s'en va-t-en-guerre*, *Les Canons de Navarone*, ou *Le train sifflera trois fois* restent associés de manière indélébile aux crises de jalousie d'Alexandre. À chacun sa petite madeleine...

19

J'ai gardé l'impression – sans doute fausse – que la mort de ma grand-mère Lisa provoqua notre départ d'Alger. En tout cas, après sa disparition, les choses se sont terriblement accélérées. Il nous semblait subitement que l'Histoire avançait comme un train privé de conducteur. Les événements les plus fous se bousculaient : 13 mai, Barricades d'Alger, retour de De Gaulle aux affaires, contacts secrets avec le FLN. Nous étions entraînés vers l'avenir le plus sombre sans avoir le moindre pouvoir de nous y opposer.

Les années de guerre nous avaient ôté toute illusion. On avait le sentiment qu'on allait droit dans le mur, mais sans mesurer encore à quel point la fin serait tragique. Un fossé séparait maintenant les deux communautés. Et même si, sur le plan militaire, la guerre était gagnée, on l'avait perdue. L'« Algérie de papa » avait entamé sa longue agonie.

À la différence de l'Algérie d'aujourd'hui, on circulait partout en toute sécurité. Les bandes armées étaient totalement démantelées. Dans Alger même, les attentats avaient fortement diminué.

Le sort de l'Algérie se jouait ailleurs, lors de rencontres secrètes en Suisse, en Tunisie, au Maroc, et les pieds-noirs n'étaient plus que les spectateurs impuissants de leur propre destin.

Lisa menait depuis longtemps une existence végétative. Allongée en permanence, elle n'avait pour distraction que la nourriture...

Étalée sur son lit, elle faisait penser à ces pauvres éléphants de mer échoués sur le sable et qui ne peuvent plus remuer que la tête. Le sort de ma grand-mère n'avait vraiment rien d'enviable.

Une fois par semaine, ses filles se relayaient pour la laver des pieds à la tête. C'était l'occasion d'un énorme chambardement. Mon père faisait chauffer des litres et des litres d'eau. Les femmes frictionnaient vigoureusement Lisa qui lançait des exclamations en arabe. Ce n'était pas des plaintes, au contraire. Elle souffrait de démangeaisons intolérables dans le dos, et c'était un immense soulagement pour elle de sentir le gant de toilette les apaiser momentanément. Puis l'animation retombait pour le restant de la semaine. Clouée au lit, Lisa recommençait à observer le plafond. La situation durait depuis si longtemps qu'au fond, personne ne pensait qu'elle évoluerait soudainement.

Lisa nous quitta un dimanche matin, après son bain. Tout le monde était rassemblé pour aider à cette toilette qui exigeait d'énormes efforts. Mes tantes étaient là, accompagnées de leurs maris. C'était comme si Lisa avait attendu que la famille soit réunie pour rendre l'âme... Nous étions en train de déjeuner quand l'un de nous donna l'alerte : Mémé est malade ! Plus que jamais dans son rôle de médecin de famille, mon père sortit un petit miroir qu'il approcha de la bouche de Lisa. Mes frères et moi le regardions, fascinés.

Il se redressa, l'air triste et hocha la tête : c'était fini.

Subitement, éclatèrent des cris et des sanglots. Je fus chargé d'annoncer le décès à mes tantes et à mes cousines, tout excité d'être le porteur de cette terrible nouvelle.

Le chagrin de ma mère et de ses sœurs fut indescriptible. Tout le 7, rue du Lézard était comme assommé. La mort en pays méditerranéen ne se cache pas honteusement comme dans les provinces du Nord. Lorsqu'elle concerne une personne familière, les voisins ne craignent pas d'exprimer leur sympathie. Lisa était une femme aimée et respectée dans l'immeuble. Elle avait séjourné si longtemps dans ces lieux qu'elle en était un peu devenue la figure symbolique. Tout le monde la connaissait, elle avait vu grandir plusieurs générations de locataires. Une véritable tristesse envahit les cours intérieures. Notre deuil était celui de l'immeuble tout entier et, même au-delà, celui du quartier.

La tradition juive exigeant, comme celle des musulmans, une inhumation rapide, Lisa partit dès le lendemain pour sa dernière demeure au cimetière de Saint-Eugène. Au moment où le cercueil quittait la maison, ma mère poussa un cri de bête blessée qui résonne encore dans mes oreilles au moment où j'écris ces lignes.

Un enterrement dans la Casbah, ce n'était déjà pas facile en temps de paix, mais la situation militaire rendait les choses encore plus épineuses. Par sécurité, un détachement de paras avait été requis pour escorter la famille et les amis.

Rue Boutin, au passage du convoi devant un petit café maure dont les clients étaient demeurés assis, les militaires se mirent à donner de violents coups de pied dans les chaises et tabourets, faisant dégringoler tables et consommations. Les hommes se levèrent précipitamment. Personne ne parut choqué de cette brutalité gratuite, habituelle chez les paras ou les zouaves. Les porteurs du cercueil avaient d'autres soucis, écrasés sous les cent trente kilos de ma pauvre grand-mère ajoutés au poids considérable du cercueil lui-même. Dans les étroites ruelles, la manœuvre n'était pas facile et il vacillait dangereusement au-dessus des têtes courbées.

Le dédale de la Casbah nous imposait de passer devant un bâtiment que je ne connaissais que trop : l'école du Soudan. En levant les yeux, j'eus la satisfaction d'apercevoir tous les élèves aux fenêtres. Ce matin-là, le « petit Juif » était au centre de l'attention générale, ce qui était loin de me déplaire.

Notre groupe se présenta bientôt aux grilles du grand cimetière de Saint-Eugène, dans les faubourgs d'Alger. S'il est vrai que, comme disaient les pieds-noirs, *le cimetière de Bône, tellement il est beau, rien que tu voudrais mourir*, celui de Saint-Eugène avait peu à lui envier. Aujourd'hui encore, c'est avec la même émotion que l'on découvre les milliers de tombes blanches. Accompagnées du chant des grillons omniprésents, elles semblent monter à l'assaut d'une colline au sommet de laquelle s'élève Notre-Dame-d'Afrique, la basilique vénérée des chrétiens, autant que des musulmans.

À l'ombre des immenses cyprès noirs s'alignent les sépultures abandonnées de toutes les générations qui ont fait l'Algérie française entre 1830 et 1962. Les pierres tombales s'élèvent graduellement selon une pente de plus en plus sévère, pour la plupart désormais dans un triste état. Tout en haut, là où l'accès est, comme par hasard, le plus difficile, c'est le « carré » des pauvres qui commence.

Enfant, j'ai joué des après-midi entiers dans ce cimetière lorsque ma mère rendait visite sous une chaleur accablante à quelque disparu ou accompagnait une voisine venue entretenir le caveau familial. Ce n'est pas par hasard si le titre de mon premier script, jamais tourné, s'intitulait : *Il fait beau, si on allait au cimetière* [1]...

Des hauteurs, la vue est à couper le souffle, récompense des démunis après le rude effort fourni pour gravir le chemin. En reprenant leur souffle, ils peuvent jouir du panorama grandiose.

Les hommes qui transportaient le cercueil de Lisa se préoccupaient peu du paysage, mais plutôt d'atteindre la tombe fraîchement creusée, dans laquelle serait bientôt déposé le corps de ma grand-mère, enveloppé dans un simple linceul blanc. Selon la coutume des Juifs d'Afrique du Nord, les femmes étaient restées à la maison. Seuls les hommes accompagnaient le défunt jusqu'au cimetière. Mon père, comme d'habitude, avait choisi de s'abstenir. Il aimait pourtant Lisa, dont le décès l'avait profondément affecté.

La longue ascension se poursuivait, rythmée par les gémissements des participants et les halètements des porteurs qui de temps à autre s'arrêtaient pour s'éponger le front. Arrivés au but, ils étaient en eau, certains d'entre eux, proches de l'évanouissement. Leur nombre

1. Ce texte, je l'avais écrit en collaboration avec mon ami Jean Pelegri, un auteur de grand talent.

était largement supérieur au chiffre requis pour le « miniame », qui réclame un minimum de dix hommes pour prononcer les prières. Le rabbin officia sous le soleil de plomb.

Les échos déchirants du kaddish, la prière des morts, s'élevaient dans l'air pur : « *Yitgadal, veyitkadach, chéméraba, amen...* » Il ne restait plus qu'à laisser glisser Lisa dans la fosse où elle repose toujours : le deuil pouvait commencer.

Le clan Hadjedj et Atlan se replia vers la rue du Lézard. Pendant les huit jours de prières, comme le veut la tradition, trente personnes vécurent entassées les unes sur les autres dans notre minuscule appartement aux miroirs voilés. Les heures passaient, rythmées par les prières et conversations des adultes.

Étrange manière de mener son deuil. Pourtant, se regrouper ainsi dans le souvenir du défunt permet d'affronter et d'assimiler une fois pour toutes son chagrin, au lieu de le traîner pendant des mois, voire des années. On émerge de ces longues journées de claustration lavé et prêt, comme après le jour du Kippour.

La mort de Lisa laissa un vide immense dans la maison, dans tous les sens du mot. Avec elle, une page de notre histoire familiale venait de se tourner. Rien ne serait jamais plus comme avant.

D'ailleurs, peu de temps après, se produisit une autre rupture : j'entrai en sixième, au lycée Bugeaud.

Ma vie aurait dû suivre une autre trajectoire car, pour l'ancien militaire qu'était mon père, il n'existait qu'une seule carrière digne d'un aîné : celle des armes, comme lui. Enfant de troupe, puis sous-officier, tel était l'avenir auquel il me destinait. Rien ne l'aurait plus enchanté que de me voir à mon tour devenir militaire et revenir un jour en uniforme à la maison. Cette idée – c'est le moins qu'on puisse dire – ne déclenchait pas mon enthousiasme...

J'avais passé le concours d'enfant de troupe la mort dans l'âme, m'astreignant à ne donner que de fausses réponses aux épreuves de l'examen. Le jour où l'enveloppe contenant les résultats arriva à la maison, je me penchai sur l'épaule de ma mère qui l'ouvrait, et je redoutais tellement le mot « reçu » qu'à force d'autosuggestion, je crus soudain le lire. Je tombai raide évanoui aux pieds de ma mère stupéfaite, qui me ranima, très inquiète. Heureusement, je m'étais trompé. Pour mon plus grand bonheur, j'étais recalé...

Bugeaud, donc... Du nom du maréchal de France qui avait conquis l'Algérie et battu l'émir Abd el-Kader. Adossé à la Casbah, face à la caserne Pélissier, l'établissement incarnait à lui seul le système colonial français, qui fit la grandeur de ce pays, mais aussi, par son conservatisme obstiné, le mena à sa perte.

Arabes et Juifs y étaient à peine tolérés par une caste d'enfants de bourgeois issus en majorité des quartiers les plus favorisés.

Les expressions d'injures raciales, voire racistes, c'est à Bugeaud que je les ai entendues. L'Arabe était traité de « melon », de « raton » ou « crouille » ; le Juif, évidemment, de « youpin »... À Bugeaud, je découvrais le calque inversé de l'école de la rue du Soudan. Mais, dans les deux cas, c'était la même haine, la même bêtise aveugle qui ne cherche jamais à connaître l'autre autrement que par sa religion ou ses origines. Pas le moindre dialogue, pas le moindre désir d'en savoir plus sur celui d'en face... Chaque fois que je repense à Bugeaud, me reviennent les mêmes images d'une classe possédante algéroise, aveugle, imbue d'elle-même, incapable de pressentir qu'elle courait à sa perte.

L'enseignement prodigué dans l'établissement était de haute qualité. Des profs parfois prestigieux, tel l'écrivain et philosophe Jean Grenier, professeur de français et de philosophie, qui avait eu Camus comme élève. M. Couderc, en dessin, était l'auteur d'une très belle fresque peinte sur le mur de gauche, en haut des escaliers de l'entrée. Fresque plus tard modifiée quand, de Bugeaud, le lycée fut rebaptisé Abd el-Kader, l'émir venant un peu maladroitement recouvrir le maréchal français...

Une veille de Noël, se produisit un moment très fort dans la classe de M. Couderc. En nous cotisant, nous lui avions offert un petit cadeau déposé sur son pupitre. En le découvrant, il ne prononça pas un mot et se tourna vers le tableau. Nous nous regardions, un peu décontenancés, quand soudain de nouveau il nous fit face, le visage ruisselant de larmes. Ce n'était pas le cadeau qui l'avait bouleversé.

Son fils avait été tué dans un attentat récent et notre geste avait réveillé en lui trop de douleurs : pour la première fois, il allait passer Noël sans son enfant.

J'étais à l'époque le premier membre de ma famille à grimper aussi haut. Tous avaient abandonné très vite l'école primaire et même pour la plupart ne l'avaient pas du tout fréquentée. Voilà que j'entrais au lycée Bugeaud ! Une certaine incrédulité s'était manifestée au 7, rue du Lézard. Mais je crois que mon père n'était pas fâché de rappeler ainsi qu'il était d'une origine sociale supérieure. Puisque lui-même, affirmait-il, descendait de la noblesse hongroise, ses enfants avaient droit aux meilleures écoles et à une éducation privilégiée !

Jusqu'à sa mort, la conscience de ses origines, réelles ou supposées, ne le quitta jamais.

Pourtant, il subit un soir une humiliation dont le souvenir le hanta jusqu'à la fin de ses jours. De plus, elle lui fut infligée par sa raison de vivre : l'armée française.

Nous étions réunis comme d'habitude devant la télévision. Des coups violents ébranlent soudain la porte d'entrée de l'immeuble, que mon père a verrouillée pour la nuit. Absorbé par le programme, il tarde un peu à descendre ouvrir. Il se trouve face à une patrouille de paras, énervés, aux trousses d'un terroriste.

Les militaires sont excités, presque dans un état second, par cette chasse à l'homme. Les excuses de mon père tombent à plat. Personne ne l'écoute. Il n'avait qu'à ouvrir tout de suite, tant pis pour lui. Un bras musclé l'attire violemment à l'extérieur et le plaque au mur. Il se retrouve les mains sur la tête, dos tourné aux militaires, au côté d'une dizaine d'Arabes déjà réunis par les forces de l'ordre.

Des heures durant, il dut garder sa posture de prisonnier. Le rappel de ses états de service, de sa qualité d'ancien légionnaire, de sa citoyenneté française acquise au prix du sang versé : rien n'y fit. Les paras restaient sourds à toutes ses observations.

Pendant ce temps, nous, ses enfants, groupés derrière la fenêtre, nous observions le cœur serré ce papa vieillissant, humilié par l'armée qu'il avait tant aimée. Lorsqu'il remonta chez nous, les yeux baissés, j'ai senti que quelque chose en lui avait changé. Je ne le savais pas encore, mais notre vie en Algérie touchait à sa fin.

Finalement, je ne fréquentai que très brièvement Bugeaud en raison de notre départ précipité. Quant à mes études secondaires, poursuivies à Paris au lycée Voltaire, je les aurais sans doute menées à leur terme si je n'avais donné ma préférence à la construction du jeune État d'Israël et au travail d'ouvrier agricole, dans un kibboutz, en Galilée...

20

Décembre 1960... Cette date ne dira rien à personne. Pour nous, elle fut terriblement importante. En cette fin d'année, toute la Casbah s'embrase subitement. Les drapeaux vert et blanc de l'Algérie nouvelle déferlent en direction des quartiers européens. Pendant plusieurs jours, Alger ne ferme pas l'œil. Impressionnés, les pieds-noirs découvrent la formidable capacité d'organisation du FLN. Galvanisées par les youyous stridents des femmes voilées, les foules obéissent aux mots d'ordre. Des cortèges rassemblant des dizaines de milliers de personnes dévalent les rues étroites en hurlant des slogans indépendantistes.

Dans le ciel, c'est un ballet incessant d'avions de combat et d'hélicoptères qui surveillent les masses, prêts à intervenir. De la terrasse de la rue du Lézard, nous suivons du regard plusieurs jeunes en train d'escalader le dôme de la grande synagogue, derrière le marché Randon. Ils se sont détachés de la horde qui saccage l'intérieur du bâtiment religieux et veulent planter sur le toit le drapeau algérien. Un hélicoptère Alouette vient se positionner juste au-dessus, et froidement, comme au stand de tir, un sniper les abat l'un après l'autre, silhouettes désarticulées qui s'écrasent dans la rue en contrebas. Images horribles, dont l'intensité même nous démontrait que les ponts étaient maintenant bien rompus.

C'est seulement en décembre 1960 que nous avons vraiment compris l'évidence : pour nous, tout était fini.

Le nombre et la détermination des masses algériennes nous apparaissaient comme annonciateurs de ce qui risquait d'arriver au jour de l'indépendance. Juillet 1962 et la panique des pieds-noirs ne peut ni s'expliquer ni encore moins se comprendre si l'on oublie décembre 1960. Ce sont les bases mêmes de l'Algérie française qui ont commencé à trembler ce jour-là.

Rue du Lézard, du fait même de notre proximité avec la Casbah, l'inquiétude était à son comble. Si l'émeute s'étendait, nous serions les premières cibles. Tous ceux qui pouvaient se réfugier dans leur famille en dehors d'Alger ou dans des quartiers sûrs avaient déjà plié bagage.

Ce n'était pas notre cas. Les positions de repli ne manquaient pas, mais la décision était trop difficile à prendre. D'un jour sur l'autre, mes parents espéraient que les choses s'apaiseraient. Mais elles ne faisaient, au contraire, qu'empirer. Loin de se calmer, la Casbah se nourrissait de sa propre colère en enterrant ses morts. D'heure en heure, la fureur de la rue augmentait. Terrorisés, nous entendions de plus en plus près de chez nous les hurlements ponctués d'explosions de grenades lacrymogènes ou autres armes.

Surtout, plus encore qu'à l'ordinaire, nous avons pris conscience, du nombre ridiculement faible de la population européenne, comparé à celui de la foule arabe. À tout instant, nous pouvions être emportés par le flot humain.

Trois nuits durant, en ce début décembre, nous sommes restés non seulement éveillés, mais habillés dans nos lits, à attendre l'attaque de notre immeuble.

Aux alentours de la rue du Lézard, des éléments incontrôlés avaient commencé à piller les boutiques abandonnées par leurs propriétaires. De plus, le saccage de la Grande Synagogue n'avait pas de quoi rassurer la communauté juive.

Alors Alexandre le guerrier se réveilla soudain. Fidèle à son passé militaire, mon père décida de nous protéger coûte que coûte. En cas d'attaque, il mourrait comme un légionnaire, debout, l'arme à la main... Le problème, c'est qu'une arme, il n'en possédait pas. Il organisa donc la défense de l'appartement selon un procédé qui, à l'époque déjà, nous laissa assez perplexes, et qui avec le recul apparaît complètement farfelu...

Sur la table de la salle à manger, qui faisait directement face à la porte de l'appartement, il avait disposé trois seringues. Bien sûr, on se posera la question de savoir ce qu'il entendait faire avec ces seringues. Très franchement, j'hésite à le révéler tant je redoute l'éclat de rire, mais mon père était terriblement sérieux et pensait avoir trouvé l'arme absolue pour défendre sa famille. Les seringues étaient remplies d' « acide ». Quel acide ? Je n'en sais rien. Mais les trois premiers assaillants qui se présenteraient dans l'appartement se verraient accueillis, selon lui, d'un jet en plein visage qui les aveuglerait totalement et leur ferait oublier leur volonté de pillage. C'était là le projet de base... Inutile de dire qu'il fut accueilli avec un certain scepticisme, en particulier de la part de ma mère. Pleine d'une implacable logique féminine, elle n'avait pu s'empêcher de faire remarquer : un, qu'il fallait avoir le temps de courir jusqu'aux seringues : deux, d'en saisir une sans faire tomber les autres : trois, que surtout il fallait vraiment bien viser, ce qui était moins que sûr... Des arguments que mon père fit mine d'ignorer ou de mettre sur le compte de la mauvaise foi. Il avait trouvé le meilleur système de défense, il en était certain. En réalité, nous avions tous conscience d'une chose : les seringues représentaient l'arme du désespoir plutôt que celle de l'efficacité...

Trois jours et trois nuits s'écoulèrent dans ce climat insupportable de stress et de tension, alors qu'à l'extérieur, l'insurrection faisait rage.

Le quatrième jour, lassé d'attendre avec ses seringues « d'acide », mon père dit : « On s'en va. » Il n'eut même pas à préciser où. Nous aurions pu comprendre que nous allions nous réfugier chez quelque membre de la famille, tonton Jacob ou Yvonne : les points de chute ne manquaient pas chez les Hadjedj. Mais, nous avions si souvent entendu Alexandre répéter qu'un jour il faudrait nous établir en France que la destination finale ne fit aucun doute dans nos esprits.

L'heure était venue de quitter cette Algérie. Je le faisais, et avec moi mes frères, d'un cœur léger et même soulagé. À cause des événements, d'une part, et d'autre part parce que à peine adolescent, j'avais déjà pris la mesure de ma terre natale.

Partout, en ce début des années 60, le monde commençait à bouger. La vieille Europe n'était pas à l'écart du mouvement général. Sur les écrans, la Nouvelle Vague se préparait à tout balayer.

Notre Algérie, figée dans ses structures d'un autre âge, ne saurait jamais prendre le grand virage de l'ère moderne. En tout cas, pas sous sa forme coloniale fondée sur les castes, la naissance et un racisme latent.

Non seulement l'Algérie serait tenue à l'écart du mouvement, mais la voie dans laquelle nous étions engagés nous conduisait vers un désastre assuré. Cet avenir bloqué, je le pressentais de manière instinctive et intense. Il n'était pas sans rappeler le désespoir muet qui habite aujourd'hui tant de jeunes Algériens, prêts à tout pour fuir leur pays.

Combien de fois, avec mes amis de « là-bas », célèbres ou moins célèbres, nous avons examiné cette possibilité au moment du café, quand on commence à se perdre en bavardages un peu vains : et si les événements s'étaient déroulés autrement ? Et si l'Algérie était restée française ? Et si nous étions restés chez nous ? C'est chaque fois la même impasse : tout le monde est d'accord pour estimer que les choses n'auraient jamais pu demeurer en l'état. On ne pouvait pas continuer « comme avant ». En même temps, personne n'aurait imaginé la seule autre voie possible : une Algérie où les Arabes et les Berbères auraient pris leur part du pouvoir, c'est-à-dire la principale, en ne laissant que des attributions marginales à la population européenne.

Je crois que de Gaulle a compris bien avant tout le monde que l'Algérie ne souffrirait pas les demi-mesures. Elle devait être ou purement algérienne ou purement française. Aucun autre arrangement n'aurait pu tenir la route.

Qui, parmi la minorité française, était prêt à renoncer à des privilèges apparemment dus de toute éternité ? Qui, dans la majorité algérienne, se serait contenté de quelques miettes d'un pouvoir que les armes n'avaient pu réussir à préserver ?

Quant à moi, je brûlais de découvrir enfin Paris, la Ville lumière, et ses cinémas, ses innombrables cinémas « permanents ». Je m'y voyais déjà des après-midi entiers, avec peut-être le regret de ne reconnaître aucun visage en sortant de la salle, à la différence de notre minuscule et chaleureux Bab el-Oued...

C'est pourquoi la décision de mon père ne représenta pas pour moi le même cataclysme que pour tant d'autres pieds-noirs. Dois-je avouer que, dans la glorieuse inconscience de ma jeunesse, sans mesurer les regrets et les blessures qui allaient suivre, j'aurais pu murmurer : « Enfin... » ?

21

Notre départ du 7, rue du Lézard réunit à lui seul tous les ingrédients d'une histoire où se mêleraient d'une manière inextricable des moments d'humour et de tragi-comédie. Une sorte de film à l'italienne promenant le spectateur du rire aux larmes.

Le préambule tenait déjà de l'impossible, puisque dans un pays où, par définition, personne ne tient jamais sa langue, mon père nous pria fermement de nous préparer à partir dans le plus grand secret. Personne dans l'immeuble, strictement personne, ne devait être mis au courant de nos projets. À toutes ces familles que nous avions côtoyées depuis si longtemps, les Zegane, les Chiche, les Darmon et tant d'autres, nous préparions une bien mauvaise surprise. Du jour au lendemain, ils découvriraient notre appartement vide, la « tribu » Egry envolée sans que rien l'ait laissé prévoir. Heureusement, les événements avaient en partie vidé l'immeuble de ses occupants. Cette atmosphère de conspiration ne s'explique que par la folie des journées de décembre.

Les dernières vingt-quatre heures se passèrent en préparatifs aussi désordonnés que hâtifs, et qui devaient demeurer totalement ignorés de l'extérieur. Pas facile de cacher à vos voisins les plus proches que vous partez en vacances, surtout en plein mois de décembre, moins facile encore si c'est d'un départ définitif qu'il s'agit...

Je revois Driffa, indécise, bras ballants au milieu de l'appartement.

Jamais elle n'avait affronté une pareille situation, même dans le pire de ses cauchemars : quitter le logis familial, abandonner tout sur place. Les instructions d'Alexandre étaient sans ambiguïté : on voyagerait léger. Autrement dit, on n'emporterait rien. Inutile aujourd'hui de me décrire l'état d'esprit des réfugiés obligés de quitter précipitamment leur domicile en emportant quelques objets dérisoires. Je connais, je sais...

Après une absence de plusieurs heures, mon père reparut à la maison avec une surprise. Il avait déniché, peut-être sur le port, trois gros sacs de jute. En effet, pour voyager, il faut des valises. Or nous n'en avions pas une seule. Notre dénuement était tel que, jusque-là, on n'avait jamais souffert du manque. Pourquoi, puisque avant ce départ, l'idée même du voyage pour le voyage nous était inconnue ? Lorsqu'on naissait rue du Lézard, on mourait rue du Lézard. Quant aux vacances « ailleurs », elles étaient réservées aux riches des beaux quartiers.

Les sacs de jute furent très vite gonflés de vêtements et de mille objets familiers auxquels il n'était pas question de renoncer. Mais mon père restait intransigeant et rejetait impitoyablement le superflu :

« Le strict minimum, pas plus. » En voyant ma mère empaqueter dans du papier journal le « lourd pilon de cuisine » en cuivre jaune qu'elle utilisait pour préparer ses épices ou ses herbes aromatiques, il s'interposa vivement. Le pilon qui pesait dans les dix kilos ne paraissait pas réellement un accessoire essentiel, il y avait peut-être des objets plus importants, non ?

Ce n'était pas l'avis de Driffa qui s'agrippait comme une désespérée au malheureux pilon et le ton monta rapidement entre eux. Elle voulait bien partir en France, mais pas sans son pilon ! Plus mon père insistait, plus elle s'accrochait.

Je compris plus tard que l'ustensile ne constituait pas vraiment l'objet de la dispute. En refusant de s'en séparer, ma mère exprimait de manière détournée son refus d'entreprendre un voyage à ses yeux insensé. Comme elle ne pouvait s'opposer frontalement à Alexandre, elle s'était rabattue sur l'un des objets les plus emblématiques de son histoire personnelle, comme de celle de sa famille. Plus elle agrippait farouchement son pilon, plus elle tentait de nous faire comprendre d'une manière dérisoire, et peut-être même risible, combien lui était douloureux et insupportable l'arrachement à sa terre natale. Mais bien sûr, ni mes frères ni moi-même, ne le percevions ainsi. Quant à mon père, lui-même expatrié et ballotté d'un bout à l'autre de l'Europe, il avait appris depuis longtemps qu'il ne faut attacher d'importance ni à la terre sous vos semelles, ni au toit sur votre tête. En cela, il était sans doute le plus authentiquement juif de nous tous...

Le pilon voyagea avec nous... Aujourd'hui, trônant chez mon frère Tony, « gardien du pilon », il est devenu en quelque sorte le symbole et le rappel permanent de notre existence passée rue du Lézard.

Mieux encore, le pilon maternel a été intégré au décor de plusieurs de mes films, à commencer par *Le Coup de Sirocco*. Certains spectateurs attentifs auront remarqué sa discrète présence dans la plupart de mes longs métrages qui racontent l'Algérie et notre communauté.

La nuit tombait rapidement, et c'est dans une demi-obscurité qu'une patrouille se présenta aux portes de l'immeuble.

Nous avions demandé à bénéficier d'une escorte en raison de l'insécurité qui régnait dans le quartier. Sans un regard en arrière, ma famille, Alexandre en tête, Driffa juste derrière lui avec ses cinq garçons, s'éloigna pour toujours du 7, rue du Lézard. Trois portefaix suivaient, chargés des « bagages ».

Je n'oublierai jamais notre marche nocturne dans les rues étroites et humides de la Casbah où retentissait de maison en maison l'écho lancinant des youyous. Je voyais défiler tous ces lieux connus et aimés qui me paraissaient soudain lourds de menace et indifférents. De temps à autre, éclatait une rafale. Tout le monde se figeait dans la nuit. Les militaires levaient les yeux vers les terrasses d'où pouvait jaillir un projectile meurtrier. Qu'il paraissait hostile, ce petit coin d'Alger, si longtemps pourtant le plus paisible et le plus familier. Comment des communautés, qui avaient été si proches, avaient-elles laissé s'installer un tel gouffre de haine et de méfiance ? Tant de sang et de larmes versées, tant de questions qui resteraient à jamais sans réponse...

Jusqu'à la rue de Chartres, un peu plus bas, de l'autre côté de la rue de la Lyre, le trajet n'était pas long. Nous allions passer la nuit chez l'une de nos tantes, tata Monet, avant de prendre le premier bateau du matin.

De ces heures d'attente et d'angoisse, je n'ai conservé que deux souvenirs : la diffusion à la télévision pour notre dernier soir à Alger d'un épisode des « Cinq Dernières Minutes » avec le commissaire Bourrel (étrange coïncidence), et le « hold-up » commis par mes deux jeunes frères.

Elmer et Tony, toujours en éveil, avaient repéré dans le hall de l'immeuble de notre tante une petite charrette de bonbons, bâchée et rangée sous l'escalier. Le propriétaire, un marchand ambulant, aurait dans quelques heures une sacrée surprise.

C'est à neuf heures le lendemain matin que l'*el-Djezaïr* sortit lentement du port d'Alger. À bord, peu de passagers. Un peu hébétés de fatigue, au bord de la nausée en raison des tonnes de friandises absorbées, nous regardions défiler le somptueux panorama. Pour la première fois depuis une semaine, il faisait beau. La tension était retombée et la ville offrait à nouveau son visage habituel. Comme pour mieux nous dire adieu, Alger n'avait jamais été aussi radieuse... La circulation avait repris sur le front de mer. Place du Gouvernement, les passants vaquaient à leurs occupations, on voyait une cité comme les autres, se préparant à fêter Noël. Et là-bas, rue du Lézard, nous avions laissé tous nos meubles et les photos de famille dans le buffet de la cuisine...

Dix-huit mois plus tard à peine, ce serait au tour des autres Européens de céder à la même panique, mais pour l'instant, ce départ décidé dans l'affolement tenait apparemment de l'absurde.

Comment mon père aurait-il pu ignorer les regards pleins d'interrogation muette que nous tournions vers lui ? Il affectait de fixer le large, l'air ailleurs. Il nous avait lancés sur les chemins de l'exil, alors que le restant de la famille, les sœurs de ma mère, les oncles, les tantes, tout le monde avaient repris sa petite vie. C'était comme si Alexandre avait décidé de brûler les ponts pour ne plus jamais avoir l'occasion de revenir en arrière.

Notre pays disparaissait progressivement au loin dans les brumes de l'hiver, alors qu'une interrogation nous brûlait les lèvres : n'étions-nous pas en train de faire une incroyable erreur ?

Soyons sincères, je transforme la réalité. Allongés sur des chaises longues de troisième classe, dans une coursive glaciale et qui puait le tabac froid, nous avions pour principale préoccupation de ne pas rejeter brutalement par-dessus le bastingage les sandwiches que ma mère avait préparés avant de partir.

Quand vint la nuit, les lumières des îles Baléares brillèrent dans le lointain. Les yeux encore grands ouverts, je fixais, dans le noir, un avenir incertain...

22

Ce n'était pas la première fois que je faisais ce voyage vers la France. On pourra s'étonner de cet aveu imprévu. Oui, je m'étais déjà rendu en métropole, plus précisément dans le Sud-Ouest, à Agen. Il s'agit là d'un épisode très particulier de mon existence, que j'ai toujours tendance à classer un peu à part. Il concerne mon engagement dans les organisations de jeunesses juives, notamment l'Hachomer Hatzaïr [1] (en hébreu, la « Jeune Garde »). Si j'ai hésité à aborder ce sujet, c'est parce qu'il me semblait sortir du cadre strict de mon récit. Même si l'Hachomer a changé ma vie à bien des égards.

Au printemps 1959, mon père découvre dans *L'Écho d'Alger* une annonce qui mobilise aussitôt son attention. Il y est question d'un camp de vacances organisé par l'Hachomer, qui se tiendrait en août dans

1. Créée en Russie au début du siècle, l'organisation de gauche, liée au mouvement sioniste, militait pour la création d'un État juif et pour le développement des célèbres kibboutzim. L'Hachomer nous enseignait la théorie de la pyramide renversée développée par le penseur russe Bororov et selon laquelle des intellectuels juifs trop nombreux dans la diaspora devaient devenir, en Israël, des ouvriers et des paysans.

le sud-ouest de la France. Le tournant de mon existence allait se sceller quelques jours plus tard. Il faut dire qu'au début j'étais très hostile à l'idée d'adhérer à l'Hachomer. J'étais déjà membre des Éclaireurs israélites où je me trouvais fort bien, et qui de surcroît organisaient leur camp d'été en Algérie même, sans avoir à traverser la Méditerranée.

Or, c'est seulement et précisément la perspective de nous faire découvrir la France qui avait intéressé mon père et non pas les théories idéalistes de ce mouvement de jeunesse, qu'il ignorait d'ailleurs totalement. Toujours sa vieille idée fixe de nous montrer comment c'était « de l'autre côté » pouvait se concrétiser à peu de frais : il n'allait pas laisser passer l'occasion !

Malheureusement pour lui, et heureusement pour moi, lorsque je me rendis avec ma mère au siège du mouvement à proximité du Forum, impossible de découvrir l'accès aux locaux. Le spectre du camp d'été en France s'éloignait quand, par le haut d'une porte vitrée, j'aperçois, luisant dans la pénombre d'un long couloir, une petite mezzouzza, cet ornement religieux que l'on fixe au montant des entrées. Je ne peux m'empêcher d'en faire la remarque à ma mère. Elle pousse la porte. Je viens de sceller mon destin...

Quelques semaines plus tard, le camp d'été de l'Hachomer Hatzaïr m'accueillait ainsi que deux de mes frères, Tony et Elmer. Nous étions les jeunes d'Algérie mêlés à ceux de France, à la ferme-école de Zette, située dans le Lot-et-Garonne, en pleine campagne.

Du voyage proprement dit, je n'ai gardé aucun souvenir. J'entrais à peine dans l'adolescence et j'avais vécu la traversée nocturne en bateau ainsi que le trajet en train depuis Marseille, comme une véritable punition. Cette Hachomer Hatzaïr, je ne voulais rien savoir d'elle ! D'autant que mon père, très excité par les préparatifs qui devaient lui rappeler ses propres départs en campagne, nous avait équipés tous les trois d'une manière ridicule. Se croyant revenu à l'heureux temps de la Légion, il nous avait habillés comme de vrais petits soldats, jusqu'à l'épaisse couverture « réglementaire » modèle 1940 amélioré, enroulée et attachée sur le dessus de nos énormes sacs à dos. Il ne nous manquait plus que le képi blanc !

Vingt-quatre heures plus tard, j'avais oublié toutes mes préventions. L'Hachomer était entrée dans ma vie, et pour longtemps. J'avais trouvé une autre famille.

Ce sentiment perdure aujourd'hui, ni le temps ni les années ne sont parvenus à l'effacer. C'est à l'Hachomer que je dois d'être ce que je suis aujourd'hui. Solidarité, dévouement, accomplissement collectif et personnel, les leçons étaient innombrables. Sans doute d'autres organisations de jeunesse peuvent-elles revendiquer de tels objectifs et de tels résultats. Mais il s'y ajoutait, pour ce qui me concernait, le sentiment très fort qu'enfin quelqu'un s'occupait de moi autrement que sur un plan uniquement fonctionnel.

Mes parents avaient toujours veillé, dans la mesure de leurs moyens, et avec tout l'amour dont ils étaient capables, à la satisfaction de mes besoins matériels. Mais on sait bien que ce n'est pas suffisant.

Alors qu'à Alger, nous étions en permanence livrés à nous-mêmes et à peu près libres de faire ce qui nous chantait, ici pour la première fois – et cela compte terriblement dans une vie d'adolescent – des adultes nous écoutaient, nous observaient et prenaient en compte nos idées et nos suggestions. On ne mesure pas l'effet d'une discipline librement consentie sur un très jeune esprit.

À mes propres yeux, je devenais enfin une personne, et plus simplement un enfant anonyme dans la nuée de gamins qui habitaient la rue du Lézard.

Le premier souci des moniteurs de l'Hachomer était d'attribuer à chaque personnalité d'adolescent une nouvelle identité, hébraïque cette fois, pour bien marquer à la fois la rupture avec le passé et le début de notre nouvelle vie dans le mouvement.

C'est ainsi que j'héritai d'un surnom plutôt flatteur puisque je m'appellerais désormais – au sein du mouvement en tout cas – « Simkhé », ce qui signifie plus ou moins littéralement « la joie »... Les chansons israéliennes le soir autour du feu de camp, les danses folkloriques, la musique juive d'Europe de l'Est vive et entraînante, tout cet univers, je l'intégrais progressivement avant de le retrouver, moins de dix ans plus tard, dans un kibboutz à la frontière libanaise.

Les quatre semaines de camp passèrent très rapidement. De la France, je ne vis quasiment rien, à part la verte campagne agenaise.

J'étais trop passionné par la découverte du monde qui venait de s'ouvrir à moi. Et par la montée fulgurante de ma propre sexualité.

Car un camp d'été, ce sont aussi des garçons et des filles qui se retrouvent pour la première fois ensemble dans une intimité partagée, les baignades dans de fraîches rivières, les corps nus qui se frôlent, les virées nocturnes d'une tente à l'autre, les sacs de couchage agités de mouvements suspects...

Je quittai le Sud-Ouest le cœur serré.

Je venais de rencontrer mon premier amour. Elle s'appelait Edna. Une liaison épistolaire s'instaura après mon départ d'Alger. Edna, de son côté, s'installa avec ses parents en Israël. En 1962, seule une poignée d'hommes et de femmes d'Algérie avaient décidé de pratiquer l'« alya » (le retour vers la Terre promise), à la différence des Juifs de Tunisie et du Maroc. Israël ne nous concernait pas vraiment, mise à part la célèbre invocation rituelle, le soir de la Pâque juive : « L'an prochain à Jérusalem. »

Edna continuait à m'envoyer de très beaux poèmes que je lisais avec émotion.

Durant l'été, cette même année 1962, lorsque j'embarquai à mon tour pour les vacances en Israël, je n'avais qu'une pensée : j'allais la rejoindre ! J'étais fou de joie. On était alors en août, Marilyn Monroe venait de mourir et les pieds-noirs continuaient de débarquer sur le port de Marseille.

Mon bateau pour Haïfa partait de Venise. Presque inconsciemment, je m'appliquais à mettre une distance entre les rapatriés et moi. L'Algérie, c'était du passé. Un passé sur lequel je ne tenais pas encore à me retourner... Ma joie à l'idée de revoir prochainement Edna s'éteignit d'un seul coup au bout de vingt-quatre heures de traversée. Sur le pont du « Pégasus », un autre regard féminin venait de croiser le mien. Edna fut oubliée en une seconde. Mais je lui avais fait tant de promesses que je ne pouvais éviter de la revoir. La rencontre fut courte et pénible. Celle qui me détourna d'Edna s'appelait Sylvia. Sylvia Azoulay, elle restera à jamais « Yardena ». Elle qui mourut jeune, trop jeune, par désespoir et mal de vivre. C'est à elle que j'ai dédié mon film *Pour Sacha*...

23

Sur notre départ d'Alger, la vérité ne nous fut connue que plus tard.

Pour payer nos sept billets de pont sur l'*el-Djezaïr*, mon père n'avait eu d'autre recours que d'emprunter de l'argent à son patron en oubliant de lui dire qu'il quittait l'Algérie pour toujours. La somme n'était pas considérable mais hors d'atteinte pour lui. Surtout qu'il n'avait aucun moyen de la rembourser dans un avenir proche.

Je pense que pendant un certain temps après notre arrivée en France, Alexandre a vécu dans l'appréhension des suites possibles de cette affaire. Plainte avait peut-être été déposée contre lui. Qui sait si elle ne l'avait pas suivi en métropole ? Sorti de son contexte, le geste paraîtrait inexcusable, même s'il avait été inspiré par un seul désir : sauver sa famille.

L'un des plans du *Coup de Sirocco* illustre mieux que les plus longs discours notre état d'esprit quand du pont du bateau apparut au loin « Notre-Dame-de-la-Garde ». Roger Hanin, mon « petit frère » Patrick Bruel et Marthe Villalonga fixent la cité phocéenne qui se découpe à l'horizon. Leur regard est empli d'une vraie défiance, derrière laquelle on perçoit la crainte qui les habite. Quel sera leur avenir sur cette terre nouvelle ? De quoi seront faits les prochains jours ?

Au moment de réaliser le film, et grâce à Marthe Villalonga je rencontre Roger Hanin dans les bureaux qu'il partage avec Christine Gouze-Rénal. L'homme que je découvre, j'ai l'impression de l'avoir toujours connu. Il est comme la synthèse de tous les hommes de ma propre famille, au point qu'aujourd'hui encore, je me demande si un lien de parenté ne nous unirait pas...

Roger a lu le scénario. Je commence à peine à lui parler du personnage de Narboni, mon héros épicier, qu'il m'interrompt d'un mouvement autoritaire de la main : *Alors là, je t'arrête... Narboni, je le connais... Je sais plusieurs choses de lui : un, comment il retarde sa montre juste avant de rentrer chez lui pour excuser son retard auprès de sa femme. Deux, comment il roule des feuilles de papier journal pour servir la semoule aux clients de l'épicerie.* Je regarde Roger, encore un peu incertain. Il le sent et plante son regard dans le mien. Là où un autre comédien se serait peut-être lancé dans de longues considérations destinées à me convaincre tout en se faisant briller, il sort son dernier argument, le plus magnifique : *Et trois, je sais aussi comment il casse le contrefort de ses chaussures pour en faire des savates.*

Roger se penche et commence à mimer un Narboni enlevant avec difficulté ses chaussures à la fin de la journée pour enfiler ses vieilles pantoufles chéries.

À la fin de l'entretien, j'avais une vraie certitude : Roger Hanin serait un grand Albert Narboni puisqu'il connaissait jusqu'à sa manière de chausser ses « tchanklas ».

Aujourd'hui, le souvenir de ce film se mêle intimement à mes propres souvenirs.

Le voyage des Narboni ressemblait tellement au nôtre ou plutôt le contraire...

Le bateau accostait. Comment serions-nous accueillis à Marseille ? Cette question et bien d'autres se pressaient dans nos esprits alors que nous débarquions avec nos ballots de jute sur les quais de la Joliette. Le voyage préparatoire de mon père n'ayant servi à rien, les heures à venir baignaient dans une totale incertitude.

Sur le visage de ma mère, je lisais sa détresse. Elle avait perdu tous ses points de repère. Qui étaient ces gens qui l'entouraient ? Et quel étrange accent était le leur ! C'est à peine si on les comprenait. Et puis ce vent, ce froid, cette brume glaciale... Avec nos petits manteaux faits pour l'hiver d'Alger, comment allions-nous résister ? Jamais nous n'avions imaginé que le thermomètre puisse descendre aussi bas ! Et dire que Marseille, c'était le Sud ! Qu'est-ce que ce serait plus haut ?...

Nous avons remonté la Canebière, à peine conscients de ce qui nous entourait, abasourdis par le bruit, assommés par la circulation tellement plus dense que celle d'Alger...

Évidemment, ce n'était pas la guerre, ce qui constituait une sacrée différence. Disparus les barbelés, les patrouilles, les hélicoptères bouchant le ciel d'Alger. Les gens marchaient librement, tranquillement. Ils s'arrêtaient pour regarder les vitrines sans crainte de sentir soudain le canon d'un pistolet sur leur nuque ou une lame pénétrer entre leurs omoplates. C'était le plus étrange : cette sensation que le danger, depuis si longtemps posé sur nos épaules, venait soudain de s'envoler.

Aux environs du cours Belsunce et de la porte d'Aix avec son marché bien de « chez nous », on aurait pu se croire encore « là-bas »...

Mais Marseille était une autre ville où, en apparence, les communautés ne manifestaient aucune hostilité : Algériens et Français semblaient avoir trouvé un terrain d'entente.

De toute manière, avait décidé mon père, il n'était pas question de demeurer dans le Midi. Ce serait Paris ou rien. Malgré les probables difficultés qui nous y attendaient, c'était là, et nulle part ailleurs, qu'il fallait aller. Nous le suivions, harassés, mais moi j'étais empli d'une excitation difficile à décrire, du sentiment très fort que maintenant tout était possible. La page était tournée...

Dans les rues de Marseille un nombre incalculable de filles de mon âge répondaient aux regards quand on les fixait, contrairement à celles d'Alger, elles ne baissaient pas les yeux et nous faisaient même parfois cadeau d'un sourire.

Et tant de choses nouvelles s'offraient à nous !

Je me souviens de notre ébahissement – le mot n'est pas trop fort – devant le premier self-service : un restaurant où l'on se servait seul ! Toutes sortes de plats étaient exposés, parmi lesquels il suffisait de choisir celui qu'on désirait ! Les clients ont dû se demander qui étaient ces sept personnes en train de contempler, les yeux ronds, quelque chose d'aussi banal...

Tout était nouveau, différent, tout allait plus vite. J'éprouvais une excitation sans limites, doublée d'un très léger sentiment de culpabilité vis-à-vis de ma mère. Je la voyais amère et triste. Elle approchait la cinquantaine.

Au milieu de sa vie, quand on commence à penser à la dernière partie du chemin, il lui fallait tout reprendre de zéro et bâtir une deuxième existence en oubliant son passé et ses racines.

Cette pensée me revient toujours à l'esprit lorsque je rencontre une vieille personne originaire d'Algérie. Quel parcours terrible ! Quelle douleur d'abandonner du jour au lendemain appartements, meubles, voitures, souvenirs de famille ! Mais, pour l'adolescent que j'étais, la promesse contenue dans les nouveautés qui défilaient sous mes yeux était la plus forte. Le temps viendrait assez tôt de regretter, pour l'instant l'humeur était à la découverte.

C'est le 24 décembre 1960 que le train entra lentement en gare de Lyon à 7 h 15 du matin. Nous étions à Paris !

La grisaille nous accueillit à la sortie, ainsi que l'immense publicité pour les rasoirs électriques Philips qui, pendant des années, surmonta l'un des immeubles voisins. Nous étions arrivés au terme du voyage. Il s'agissait maintenant d'improviser une vie et de forcer le destin.

Un homme nous attendait, un autre Jacob, le mari d'Odette, une cousine de ma mère qui avait été avertie depuis Alger de notre débarquement dans la capitale. Le couple vivait depuis longtemps en France. Jacob était venu nous chercher en estafette, une des rares voitures de l'époque capable d'embarquer sept passagers, avec leurs bagages. Et quels bagages...

Pendant que les trois adultes s'installaient à l'avant, les enfants et les ballots s'entassaient à l'arrière. Nous devions aller dans le 20e arrondissement, rue des Maraîchers, où habitaient Jacob, Odette et leurs cinq enfants.

Par la lunette arrière, je découvrais le spectacle des rues de la capitale, si souvent aperçues dans les films ou les émissions de télévision. Cette fois, c'était la réalité.

Les bouches de métro en style nouille, les autobus à plate-forme, les milliers de magasins aux façades ruisselantes de néon, les voitures pies, tout défilait sous mes yeux. Ce serait désormais notre décor journalier, celui dans lequel nous allions évoluer. Il me fallait faire des efforts constants pour dissimuler le sourire qui me venait aux lèvres.

Mon enthousiasme contrastait avec l'abattement de mes parents, assis à l'avant à côté de Jacob... Pour ma mère, le monde paraissait gris et hideux. Rien ni personne n'aurait pu la faire changer d'avis. À sa manière même de se tenir, dans la rigidité de sa nuque et de ses épaules, je pouvais déceler le poids de sa tristesse.

Odette et Jacob avaient certes accepté de nous recevoir, mais on s'aperçut très vite qu'ils n'avaient pas mesuré les conséquences de leur hospitalité. Car avec leurs enfants, c'étaient désormais quatorze personnes qui s'entassaient dans l'appartement. Du coup, l'encombrement humain dépassait celui du 7, rue du Lézard ! Le malaise de ma mère s'aggrava. Comment l'empêcher de penser à Alger, à notre maison désormais vide ? Elle qui se retrouvait un soir de Noël au fin fond du 20e arrondissement de Paris, exilée en terre étrangère, accueillie chaleureusement, c'est vrai, mais dans un univers qui n'était pas le nôtre !

Ce que Driffa détestait le plus au monde, c'était le sentiment de gêner. Pour couronner le tout, la situation à Alger était revenue à la normale, ce qui ne manquait pas d'alourdir l'atmosphère, le soir au moment des informations. Entassés dans le minuscule logis, nous sentions peser sur nous le regard perplexe d'Odette et de Jacob.

Chaque matin, Alexandre partait pour sa mission impossible de la journée : trouver un toit et du travail. Il s'habillait avec soin, affichant un optimisme qu'il était sans doute loin de ressentir. Où disparaissait-il pendant des heures ?

Ma mère restait avec Odette dans l'appartement. Assise dans la cuisine, les mains sur les genoux, elle la regardait travailler, étouffant dans cette situation où elle n'avait même pas ses tâches domestiques habituelles à accomplir.

Quant à moi, il me reste de ces journées l'impression d'un bonheur total, livré que j'étais à la découverte de la capitale. Chaque jour me réservait une nouvelle découverte : la tour Eiffel, l'Arc de triomphe, le Sacré-Cœur. Je prenais la mesure d'une ville que je ferais mienne quelques mois plus tard et dans laquelle il me semble aujourd'hui avoir toujours vécu.

Le troisième jour, ma mère décida qu'elle en avait assez, qu'il était temps de rentrer chez elle. Toute sa vie avait été ponctuée de ces fuites brutales, de ces réflexes irraisonnés qui lui dictaient un geste de rupture presque animal.

Un matin, elle finit tranquillement de se préparer puis elle déclara à Odette stupéfaite qu'elle ne supportait plus de l'envahir : elle rentrait à Alger.

Rien ne l'arrêterait, sa décision était prise. Sur ces mots, elle ouvrit la porte et quitta l'appartement. Il nous fallut quelques secondes à mes frères et moi, pour comprendre ce qui se passait. Alexandre était en vadrouille dans Paris. C'était à nous de gérer la situation.

Une fois dans la rue, Driffa regarda à droite et à gauche, puis choisit une direction au hasard : la gare de Lyon devait être par là...

Depuis notre arrivée d'Algérie, aucun de nous n'avait encore osé s'attaquer au métro dont la complexité nous paraissait incompréhensible. C'est donc à pied que, depuis le 20 e arrondissement, Driffa envisageait de rejoindre la gare. Formée à l'école d'Alexandre, elle ne craignait pas les distances, ou peut-être n'en avait-elle pas vraiment la notion. La preuve : jusqu'à la fin de ses jours, habitant Suresnes, elle préférait aller faire ses courses en taxi au marché de Belleville. Elle expliquait que c'était « moins cher » là-bas. Impossible de lui faire admettre que le prix de la course aller-retour compromettait totalement le bénéfice financier.

La voilà donc partie à pied, suivie de sa kyrielle d'enfants ! Tant de choses se sont jouées ce matin-là, dont je ne pris conscience que beaucoup plus tard. Cette dernière révolte de Driffa exprimait un chagrin trop longtemps étouffé. Elle avait bien conscience de l'impossibilité de ce projet, et même de sa folie. Mais elle voulait tellement revoir son Alger ! Tony, Elmer, moi-même, chacun tentait de la rejoindre dans sa marche rapide pour faire valoir de pauvres arguments d'enfants : et l'école ? et papa ? pourquoi ne pas attendre qu'il rentre ? On verrait alors si l'on devait partir ou non...

Rien n'y faisait : Driffa n'avait qu'un but, retrouver sa terre natale, et rien n'aurait pu l'en détourner. L'entreprise était d'autant plus absurde qu'elle n'avait pas le premier sou pour payer son voyage.

Elle le savait, mais n'en poursuivait pas moins son chemin, par cette froide matinée de la fin décembre.

L'année 1960 allait mourir dans quelques jours, et ma mère voulait retrouver son soleil !

Lorsque le beffroi de la gare de Lyon apparut, nous n'étions plus qu'un cortège transi et fatigué. Driffa avait déjà probablement baissé les bras. Elle se présenta pourtant à l'un des guichets et dans une ultime tentative, demanda à l'agent SNCF un ticket pour Alger. L'homme considéra notre groupe, cette femme un peu hagarde, ces gosses harassés qui le suppliaient du regard pour que surtout, il ne lui donne pas satisfaction. Quelque chose se tramait là, dont il n'avait pas la moindre idée. Il se pencha vers ma mère et, patiemment, gentiment, à travers l'Hygiaphone, il tenta d'expliquer : ici, il ne pouvait lui vendre qu'un billet de train pour le Midi. En arrivant à Marseille, elle devrait se rendre sur le port pour acheter un billet de bateau.

Ma mère l'écoutait attentivement. Après un silence, elle réclama de nouveau son ticket, comme si elle n'avait rien entendu. Cette fois, l'agent SNCF précisa qu'entre Paris et Alger, il y avait une mer à traverser, la Méditerranée, et que jusqu'à nouvel ordre, les trains ne roulaient pas sur l'eau... Driffa n'ignorait rien de ce qu'il lui disait, mais elle avait besoin de l'entendre. Les paroles de cet homme lui confirmaient ce que, jusqu'à présent, elle avait refusé d'admettre. Il n'y aurait plus jamais de retour : Alger, c'était fini.

Le 7, rue du Lézard s'effacerait progressivement dans la brume de nos souvenirs... Le bonheur désormais se déclinerait autrement.

Elle remercia l'employé et se tourna vers nous avec un misérable sourire. Si les larmes me viennent aujourd'hui encore à y penser, c'est parce que je sais ce que signifiait ce sourire. Il signifiait simplement :

J'ai essayé... Sans un mot, elle nous enveloppa de ses bras, nous, ses enfants chéris. *Allez, on rentre, dit-elle après un long silence, en marchant bien et avec un peu de chance, on arrivera chez Odette pour l'heure du déjeuner...*

24

Si la vie quotidienne à Paris ne s'engageait pas sous les meilleurs auspices, le pire restait encore à venir. On n'avait pas touché le fond. La patience de Jacob et d'Odette atteignait ses limites. Il devenait difficile de continuer à squatter leur appartement. Comment s'échapper ? Mon père se trouvait englué dans l'éternel problème du manque de ressources. Louer un appartement, même le plus misérable, dans les banlieues les plus reculées, était encore largement au-dessus de nos moyens. L'argent qu'il avait emprunté à Alger fondait à toute vitesse...

Le lendemain de notre errance jusqu'à la gare de Lyon, il dénicha du côté de la place de la République, un hôtelier qui acceptait de nous louer une chambre à un tarif acceptable. Une chambre pour sept ! Le local minuscule permettait à peine le passage entre les deux lits qui occupaient la presque totalité de la surface disponible.

La nuit, nous dormions à deux adultes et trois enfants sur les lits, les deux derniers étaient allongés par terre, entre les matelas. Dans la journée, les repas se prenaient obligatoirement sur les lits – assiettes, verres et couverts en équilibre instable sur les draps et couvertures, avec les accidents qu'on imagine. Ma mère préparait tant bien que mal la nourriture dans le minuscule lavabo de la chambre. Douche et W-C (payants) se trouvaient bien entendu sur le palier...

Cette promiscuité épuisante dura presque sept mois.

Aujourd'hui, une équipe de télé se déplacerait pour filmer de telles conditions de vie et présenter son reportage au 20 heures avec les commentaires appropriés.

À l'époque, on ne s'en étonnait pas. J'aimais le quartier de la République qui par certains points me rappelait l'Algérie, en particulier du côté de Belleville. Mon père n'arrivait toujours pas à se placer sur le marché du travail, ce qui éloignait de plus en plus l'espoir d'accéder à une existence meilleure. Jamais l'avenir ne nous était apparu aussi sombre. L'Algérie s'enfonçait dans le chaos après le « putsch des généraux » et les excès de l'OAS, générateurs d'une issue de plus en plus inéluctable. Mais on ne trouvait pas de consolation à avoir précédé la logique des événements. Tout était trop dur, trop difficile, trop dramatique et nous avions en permanence les nerfs à vif.

Le pire arriva : la faim s'installa dans notre chambre. Pas une petite faim passagère, non, la vraie faim, celle qui vous tord l'estomac et vous emplit les boyaux d'air. La vraie, la grande faim.

Elle nous torturait, mes frères et moi, comme elle peut torturer des enfants de nos âges, sans une minute de répit. Désemparée, Driffa nous serrait dans ses bras. Je l'ai vue pleurer de ne rien avoir à nous offrir. En plein Paris, en 1961 !

En Algérie, les gens étaient pauvres, mais jamais au point de mourir de faim. Il se trouvait toujours un voisin pour vous porter secours, pour partager quelque chose, pour vous descendre une assiette. Rien de cela à Paris, alors que les pâtisseries regorgeaient de gâteaux plus appétissants les uns que les autres à nos yeux enfantins. Connaître la faim, c'est se mesurer à un adversaire qui ne vous lâche jamais. À toute heure du jour et de la nuit, il vous rappelle qu'il est là.

À nos jérémiades ou réclamations incessantes, ma mère ne pouvait opposer que ses soupirs. Durant l'année 1961, nous avons vraiment connu la misère la plus noire, la plus insupportable.

C'est alors que l'Hachomer Hatzaïr nous sauva la vie de la manière la plus inattendue. Les faits datent de plus de quarante ans, je suppose qu'il y a largement prescription... Car il m'est arrivé à cette époque de détourner à notre profit les carnets à souche représentant le montant des dons octroyés qu'on nous chargeait d'écouler auprès des commerçants sympathisants.

Le produit de la quête aurait dû aller en principe à l'organisation, qui s'en servait pour envoyer en vacances des enfants démunis. Avec mes frères, j'ai procédé d'autorité à des « ventes sauvages ». Les quelques piécettes que je rapportais à l'hôtel nous servaient à acheter des produits de base.

Je ne suis pas certain que ces détournements restèrent ignorés des responsables de l'Hachomer, mais on ne m'en fit jamais la remarque, et plus d'une fois ces sommes modiques mais indispensables ont fait la différence entre passer la journée le ventre vide ou la finir l'estomac gonflé de pain...

25

Juillet 1962 marqua la fin de l'Algérie française.

Nous suivions le drame à la vitrine des magasins, sur les écrans noir et blanc des téléviseurs alignés en devanture. Les images de déménagements en catastrophe, de familles anéanties de fatigue sur le bateau du retour, pour nous, tout cela appartenait au passé, grâce à Alexandre qui avait anticipé l'issue tragique du conflit. Les membres de la famille qui l'avaient pris pour un lunatique se retrouvaient à leur tour sur le chemin de l'exil, la plupart sans avoir rien préparé.

Entre « la valise et le cercueil », leur choix était vite fait. Et maintenant ils se tournaient vers nous pour recueillir les conseils de première nécessité.

Les familles Hadjedj, Atlan, Doucan, Sassi arrivèrent en France, les unes à Paris, d'autres à Marseille, Nice, Toulouse et même Belfort. Mémé d'en haut et ses filles s'installèrent dans le 11e, rue Oberkampf. Jacob et tata Blanche, rue de Belleville comme gardiens d'hôtel avant de rejoindre leurs enfants, Odette, Vivi, Julot à Montreuil. Yvonne, Chalom et leurs enfants connurent les délices de Sarcelles, la ville nouvelle. Nelly et ses parents se réfugièrent en

Espagne, comme les boulangers, M. et Mme Rodriguez, les Darmon quant à eux s'installèrent dans le sud de la France, Christian y est devenu médecin.

Quant à Pierrette, Margot, Simone et Josette, elles, restèrent à Alger.

De notre côté, en un an et demi nous avions fait notre trou dans notre terre d'accueil.

Un petit miracle s'était produit : Alexandre avait enfin trouvé du travail. Rien d'extraordinaire : appariteur dans la toute nouvelle Maison de la Radio. Grâce à son petit salaire, nous avions quitté l'hôtel pour emménager dans un appartement de la proche banlieue, puis dans un HLM de Vitry, de ceux qui poussaient alors comme des champignons et qui sont aujourd'hui devenus les tristement célèbres « quartiers »..

L'Algérie était un souvenir qui s'estompait de jour en jour comme une aquarelle défraîchie. Il fallait tout reconstruire et il y en aurait pour des années.

J'étais devenu un Parisien bon teint. Du petit blond de la Casbah, il ne restait pas grand-chose. Le combat le plus dur, j'avais dû le fournir contre moi-même, et contre ce fichu accent qui me cataloguait et semblait tellement déplacé dans les milieux du théâtre auxquels je rêvais d'appartenir.

Mes efforts connurent quelques succès puisque je réussis à interpréter, sans accent, l'un des grands classiques du répertoire sur les « Tréteaux de France » du cher Jean Danet dans le rôle de *Lorenzaccio*. Pourtant, comme le savent bien mes amis les plus proches, mes origines ne sont jamais loin et quel plaisir de se laisser aller à un « tape cinq[1] ! » accompagné d'un

1. Tape amicale dans la main de l'autre en signe de connivence.

éclat de rire qui nous replonge d'un seul coup au cœur de notre enfance.

Son Algérie d'antan, Driffa ne se sentit assez forte pour l'affronter qu'au bout de vingt-deux ans, en 1982.

Elle n'en éprouvait pas le besoin, jusqu'au jour où, pour la première fois depuis notre départ, elle eut l'occasion de visionner une bande vidéo tournée là-bas.

Alors que je séjournais en Algérie pour la préparation d'un de mes films, j'avais appris que le réalisateur Lakhdar Hamina tournait lui-même à Bou Saada et je suis allé le voir. À mon retour vers Alger, un panneau signalant Bordj Bou Arreridj m'a comme aspiré vers le berceau de ma famille maternelle. J'avais encore en mémoire les interminables heures de train de mon enfance, parfois une nuit entière à la vitesse d'un escargot, pour atteindre ce gros bourg, situé à moins de trois cents kilomètres de la rue du Lézard.

Aujourd'hui, Bordj Bou Arreridj est une wilaya [1] importante. Devant les images que j'avais tournées sur place avec un gros Caméscope de l'époque. Ma mère laissa paraître sa nostalgie. Jusqu'alors, elle n'avait jamais exprimé la moindre intention de revoir les lieux qui lui avaient été si chers.

À presque soixante-dix ans, Driffa était désormais veuve, tous ses enfants avaient quitté la maison : aucune obligation ne l'enchaînait plus à son foyer. Elle décida de revoir son pays Je l'accompagnerais.

Cette expédition ne ressemblerait en rien à celle de son départ... Elle voyagerait en avion, en première

1. Préfecture.

classe, et atterrirait directement à Alger. Rien à voir avec l'entrepont de l'*el-Djezaïr*...

Chacun porte son lot de regrets dans l'existence. Mon premier regret c'est d'avoir été absent au mariage civil de mes parents qui eut lieu en décembre 1965 à Vitry. Le cas de la première épouse hongroise avait été enfin réglé. Il était temps : ce n'est pas si fréquent qu'un père de soixante-neuf ans et une mère de cinquante-deux ans unissent leur destinée devant leurs cinq enfants...

Mon second regret, c'est d'avoir dû laisser ma mère finalement repartir seule en Algérie. Un contretemps de dernière minute m'avait retenu à Paris. Il ne devait pas être si important puisque je ne m'en souviens pas. De plus, je sentais que ce retour était une cérémonie privée, un événement que Driffa devait vivre seule. Sincèrement, j'étais persuadé que ma mère devait affronter ses souvenirs sans aucun autre regard que le sien.

Initialement prévu pour durer huit jours, son séjour dura en fait deux semaines. Ma mère avait trop d'invitations à honorer.

De ce voyage au cœur de son pays, nous n'avons pas su grand-chose, car ses coups de fil étaient rares et brefs : tout se passait bien, elle était contente. Par d'autres sources, nous devions apprendre qu'elle avait été reçue comme les Algériens savent le faire, c'est-à-dire comme une reine.

Pierrette, la cartomancienne, son amie de toujours, l'avait hébergée dans sa belle maison située sur les hauteurs de la ville, près du palais d'Été, la résidence présidentielle. Tout le monde se souvenait de Driffa, et tout le monde avait à cœur de lui ouvrir les portes de son foyer. Car entre Juifs d'Algérie et Algériens, c'est une histoire intime et infiniment plus compliquée que celles que l'on peut imaginer.

De rue en rue, de maison en maison, de visage en visage, d'embrassade en embrassade, c'est sa vie que Driffa remontait, comme semée d'autant de cailloux blancs. Et pourtant... Tant de souvenirs devaient l'assaillir à chaque carrefour, tant de façades de commerçants qui ne lèveraient plus jamais leur rideau, tant de petits marchands des rues que la guerre, puis les années avaient emportés... Malgré les sourires, les larmes de bonheur, les thés à la menthe et les plateaux de gâteaux au miel, l'Algérie de Driffa, l'Algérie de ma mère n'était plus. Elle s'était évanouie derrière le dernier bateau de rapatriés quittant le port, suivi de son panache de fumée noire.

Plus de vingt années de séjour en France avaient propulsé Driffa à des années-lumière du 7, rue du Lézard. Ses exigences de vie et de confort n'étaient plus les mêmes.

De Bordj Bou Arreridj jusqu'aux coteaux de Suresnes, elle avait effectué un saut vertigineux dans le temps et dans l'espace.

Ma mère ne rentra pas déçue, plutôt apaisée, heureuse d'avoir revu tant de lieux aimés. Mais elle cachait une petite réticence à peine perceptible. À sa descente d'avion, comme j'insistais pour connaître son sentiment, elle finit par plonger son beau regard clair dans le mien et, avec le sourire charmant qui avait su séduire Alexandre au Cercle militaire, elle me répondit enfin : *C'était bien, mon fils. Mais tu sais, je me demande vraiment comment on a fait pour vivre là-bas...*

Épilogue

Alger : septembre 2000. Dans quelques minutes s'ouvrira le premier festival du Film d'Alger, dans le cadre magnifique du théâtre de Verdure que j'ai déjà évoqué. Plus de cent artistes français du cinéma, des écrivains, des journalistes ont fait le déplacement.

Pour la première fois, mes frères Tony et Attila sont du voyage. Tony, toujours très réticent à l'idée de revenir à Alger car il voulait garder intactes les images de sa jeunesse, repartira finalement comblé de souvenirs.

M. Bouteflika, président de la République algérienne, nous a fait l'honneur de présider la soirée et le festival. L'événement est de taille !

La soirée commence par des discours officiels et je suis à mille lieues de deviner ce qui va suivre. Car voici que le chargé du protocole s'avance vers moi pour m'inviter à descendre les gradins. En tant que président et organisateur de ce festival, je dois à mon tour prendre la parole sur scène. Surpris et décontenancé, car je n'ai rien préparé, je ne peux pourtant pas esquiver.

Le Président a senti mon désarroi et m'encourage d'un geste amical...

Le micro m'attend à une dizaine de mètres des fauteuils, face aux gradins et à la foule silencieuse. Dans les premiers rangs, je repère Roger Hanin, à qui le Président, quelques minutes plus tôt, vient de remettre l'ordre d'el-Achir, la plus haute distinction algérienne en hommage à sa carrière et à son lien avec l'Algérie...

Micro en main, seul devant les cinq mille spectateurs, je suis à la fois flatté et mort de peur. Il vaut mieux que je laisse parler mon cœur.

Et les paroles viennent spontanément : *Je suis né pas loin d'ici. Rue du Lézard, vous connaissez ? Je suis comme vous, un enfant de la Casbah, un enfant de cette ville, un enfant de ce pays qui m'a vu naître...*

Il est inutile de continuer, une ovation salue ma déclaration. Tous ont compris, les jeunes venus de Belcourt, de Bab el-Oued, de la Casbah, que je suis comme eux, avec eux et que je ne peux pas, je ne pourrai pas l'oublier. C'est inscrit dans ma tête, dans mon sang, dans ma mémoire.

Oui, je suis un Juif d'Algérie, je le revendique avec amour et avec fierté...

Nous portons en nous le meilleur de nos deux peuples, le français et l'algérien et rien ne peut nous le faire oublier. Rien ne pourra jamais nous enlever ce que nous a légué notre terre natale ni ce que nous a donné notre terre d'adoption, la France.

Et c'est pourquoi je crois – je suis sûr ! – que nous avons un rôle à jouer dans le rapprochement de nos deux pays.

La « diaspora juive » vivant en France est si attachée à l'Algérie qu'elle pourrait être le passeur de relais dans ce pacte de fraternité. Elle compte de magnifiques réussites qui sont autant de succès pour l'ensemble de leurs ancêtres algériens, ces nomades berbères qui longtemps avant le christianisme et bien avant l'Islam, pratiquaient déjà tranquillement leur judaïsme sous la tente, au cœur du Maghreb... Oublier cela, ce serait commettre le pire des crimes, celui de l'oubli. Ne dit-on pas que la Kahéna, l'héroïne nationale algérienne, symbole de la résistance, était elle-même d'origine juive ?...

Nos racines, notre histoire font de nous un incontournable trait d'union entre nos communautés. C'est le rôle que nous devons jouer si nous voulons que nos enfants et nos petits-enfants ne soient pas coupés du pays qui nous a vu naître, afin qu'ils portent toujours au fond de leur cœur le souvenir heureux et souriant du 7, rue du Lézard.

Je remercie mon ami, Daniel Saint-Hamont, pour sa collaboration attentive, chaleureuse et fraternelle dans l'écriture de ce récit.

Cet ouvrage a été composé et imprimé par la
SOCIÉTÉ NOUVELLE FIRMIN-DIDOT
Mesnil-sur-l'Estrée
pour le compte des Éditions Plon
en avril 2003

Imprimé en France
Dépôt légal : avril 2003
N° d'édition : 13634 – N° d'impression : 63507